發條精靈戰記

天鏡的極北之星

Alderamin on the Sky

9

宇野朴人

Illustration 竜徹

角色原案 さんば挿

Kadokawa Fantastic Novels

Alderamin on the Sky
Uno Bokuto Presents

登場人物

卡托瓦納帝國

伊庫塔・索羅克……本作的主角，在非自願的情況下成為軍人的怠惰少年。
雅特麗希諾・伊格塞姆……已故。舊軍閥名家伊格塞姆家的女兒，在軍事政變尾聲，為保護伊庫塔不受狙擊而身亡。
托爾威・雷米翁……舊軍閥名家雷米翁家的么兒。率領狙擊兵尋求新時代的戰爭方式。
馬修・泰德基利奇……體型微胖的平凡少年，對才華洋溢的同伴們抱有憧憬。
哈洛瑪・貝凱爾……女醫護兵。溫和的性情使她成為維繫騎士團羈絆的關鍵，然而……？
夏米優・奇朵拉・卡托沃瑪尼尼克……帝國第二十八代皇帝，以暴君面貌施行專制政治。
巴達・桑克雷……已故。伊庫塔之父。前「旭日團」司令官，不拘常規性格奔放的軍人。
庫巴爾哈・席巴……帝國陸軍上將，新「旭日團」參謀長。相信伊庫塔將振作，代管帝國軍。
索爾維納雷斯・伊格塞姆……帝國陸軍名譽元帥，雅特麗之父。在新皇登基的同時被剝奪實權。
托里斯奈・伊桑馬……帝國宰相。企圖重現神話時代的皇室至上主義者。其瘋狂毫無消退跡象。

齊歐卡共和國

約翰・亞爾奇涅庫斯……被頌揚為「不眠的輝將」的齊歐卡名將，具備完全不需睡眠的特異體質。
米雅拉・銀……約翰的副官，擁有已滅亡的極東國家「亞波尼克」的血統。
塔茲尼亞特・哈朗……齊歐卡陸軍少校，約翰的盟友。身材高大得令人需要抬頭仰望。
阿納萊・卡恩……逃亡離開帝國的史上首位科學家，伊庫塔的老師。如今正傳授約翰知識。
艾露露法伊・泰涅齊謝拉……齊歐卡海軍少將。目前淪為俘虜，連同整個艦隊遭到帝國軍囚禁。
阿力歐・卡克雷……齊歐卡共和國執政官。深不可測的謀略家。有偏愛重用特殊人才的傾向。

拉・賽亞・阿爾德拉民

亞庫嘉爾帕・薩・杜梅夏……拉・賽亞・阿爾德拉民神聖軍上將，個性豪爽的男性。

有什麼人把一整座湖泊搬運到上空，還不小心傾倒一空——傾盆大雨的雨勢大到就算有人這麼說也不值得驚訝的程度。

每走一步泥濘就包住腳踝，得撥開沉重的泥巴往前走。儘管進入山路後有樹木枝葉遮擋雨滴，視野和路況卻取而代之地惡化了。再加上時逢夜晚，更是連眼前的地形都沒把握。

「主神啊，主神啊……」「請保佑我們——」

三名男女僅僅依靠著帶頭男子光精靈的光芒，一邊祈禱一邊在已化為濕地的腐葉土上前進。雨季中的熱帶雨林的植物氣味濃郁得令人喘不過氣，在黑暗中蠢動的生物氣息從四處傳來。這一切對現在的他們來說都極度讓人毛骨悚然。

「哈啊……哈啊……咿！」

啪答——有東西掉落在頸脖上的觸感，嚇得男子打個寒顫。他慌忙摸索那附近，指尖碰到某種果凍狀的陰森物體。連看一眼確認都覺得厭惡，他連忙將物體扔掉。

「又、又是水蛭嗎……！」

「冷靜點……！要是嚇得摔倒就慘了！」

走在後面的女子如此勸戒同伴。這讓男子勉強恢復冷靜，再度邁步向前。他重新披上進入森林後就脫下的兜帽外套，縮起身子趕路。現在沒有餘力覺得悶熱，長時間停下腳步彷彿就要被濕泥給吞沒。

「……我想差不多是在這一帶……」

女子心中祈禱著沒走錯路，如此呢喃。緊接著，帶頭的男子大聲喊道。

「……！喂，有燈光！我看見燈光了！」

他熄滅搭檔的周照燈指向前方。後頭的兩人瞇起眼睛望去，在自地面生長的交錯樹木枝葉彼端發現隱隱的光芒。三人的表情霎時一亮，抱著親眼目睹希望的心情往光源方向走去。

「到了，是山中小屋……！」

由圓木搭建而成的簡樸大型建築，在狂風暴雨中屹立不搖地聳立在遠光燈映照出的視野內。建築物採高架地板式設計，大概是預防淹水的措施。三人迅速登上通往正面玄關的階梯，舉起拳頭猛敲由整片厚實木板做成的木門。

「喂，我們到了！快開門！」

男子以雙手反覆敲門。十幾秒鐘之後，平靜的說話聲從門後響起。

「——法歐利記第五章第十二節。預言者法歐利付出什麼代價才跨越榭・拉哈德荒野？」

突如其來的問題令男子錯愕。但他好歹也是神官的一分子，停頓一會後設法想出了回答。

「六……六十頭羊與一貫金幣，還有次子利克塔夫的重大獻身。」

嘰～解開門鎖的聲音響起，木門在三人面前緩緩打開。

「進來。」

不等對方催促，三人便一頭鑽進小屋。室內零星分布著周照燈朦朧的光芒，一臉疲倦的人們互相依偎，分別環繞在各個光源旁，人數大致為四十人左右。相較於小屋的大小，顯得相當稠密。

所有人有一項共通的特徵，身上以黑色為基調的服裝胸口處有個雪白的點，是帶著主神星象徵的神官服。

「這麼一來全員都到齊了。」

獨自站在房間深處的男子環顧周遭清點人數後說道。聽到這句話，剛剛進門的三人組其中一人開口。

「等等，哈汀……哈汀．卡爾法司祭在哪裡？你在吧，是我啊，和你在神學院宿舍同寢室的提歐利柯。」

一名神官對游移目光尋找好友的他搖搖頭。

「卡爾法司祭沒到。不，是無法前來……聽說他在正要出發之際被軍方盯上了。」

「他──被捕了？」

當神官面帶苦澀地頷首，男子愣然地呆立不動。看到這一幕，另一名神官插話。

「……世事就是如此。在場所有人都一樣正在鋌而走險，事到如今就別驚慌失措了。」

「是啊，現在反倒應該擔心這個地點有沒有被發現。我可絕對不想看到軍方突然闖進來把我們一網打盡。」

半數神官淡漠地接受一名同伴被軍方擒獲的事實。跨越類似危機的經驗，使他們變得極為現實。

「好歹身為神的僕從，我相信各位不會如此笨拙。沒多少時間了，讓我進入正題吧。」

站在房間深處的神官說完開場白後脫下兜帽，看來是名相貌嚴厲的少壯男子。

「我是拉·賽亞·阿爾德拉民中央大神殿聖務第六課的瑪斯提艾羅·古坦輔祭。作為聖職者的位階應該是各位更高，但我不勝惶恐地捎來教皇陛下的傳言，請各位當作是在陛下本人面前，安靜聆聽。」

他一提到教皇，小屋內立刻充滿緊張的氣氛。等周遭恢復寂靜後，古坦輔祭開口。

「汝等，投身聖務的時刻到了。」

第一句話就讓全體神官皺起眉頭。在疑惑的眾人面前，輔祭開始說明。

「自許久以前起，卡托瓦帝國在信仰上的越軌行為就讓人無法容忍。人心渙散、喪失倫理與秩序、忘了對賜予精靈恩寵的主神獻上敬畏與感謝。」

他說話的口吻流暢無比，作為一流的代言人向帝國的神官們訴說。

「自不用說，原因在於皇室。施行輕視信仰的惡政的皇族、貴族罪惡不容坐視，身為走狗的軍方也是同罪。各位應當也聽得見，審判之刻時時刻刻逼近那群人的腳步聲。」

「……所以，這是打算叫我們掀起叛亂？」

一名年輕的神官明知無禮還是插嘴。現在的他們，沒有餘力安分地一直恭聽訓示。

「開什麼玩笑——我們不是來聽這種話的。我們只想知道一件事，那就是兩國究竟何時才會恢復邦交！」

「我也有同感。你可知道，自北域方面戰役以來一直和你們這個宗教母體分離，我們在帝國內的立場有多微妙嗎？前往總寺院的路線封閉，連每年例行的朝聖都辦不成！需要教皇陛下批准的位階相關手續，已經用延期的名義擱置超過兩年了！神學院的畢業生也因此無法任職……！」

「……正是如此。得不到正式的洗禮與精靈的認可，他們不管經過多久依然只是凡人。前輩們健在時還不成問題，但我們也無法長生不老……這種狀態繼續下去，聖職者將從帝國內絕跡。」

中年女神官與年邁的男性神官分別為年輕同伴的發言作補充。而老人再往下說。

「還是說——雖然我認為不至於有這種事，難道這正是總寺院……教皇陛下所希望的？」

他半掩在白眉下的雙眸露出近乎敵意的眼神瞪視對方。古坦輔祭從鼻子裡哼了一聲。

「——胡說。主神要求我等懂得忍耐的美德，有時或許會化為漫長的試煉。就算如此，主神也絕不會拋棄我們。這絕無可能發生。」

「若是如此實在榮幸。按照你的說法，教皇陛下也不會下令我們去煽動發起沒有成功把握的叛亂吧。」

老神官以強硬的口吻警告。現場氣氛變得緊繃起來，有人從角落拋出一段話。

「……總之，你們沒看清帝國現狀。什麼叛亂，這裡的民眾哪有那種膽量，就算經過軍事政變還是怯懦得很。現在氣勢洶洶的是有舊軍閥背景的軍人，然而連他們也被年少的皇帝陛下一一制伏……面對這種局勢，誰會有心思反抗政權？」

儘管言行太過粗野，這番話無疑代表了許多人的心聲。接受周遭沉默的贊同，滿臉鬍渣的男神

官繼續道。

「總寺院和齊歐卡聯手行動，如今是連小孩都知道的事實——不過，如果這代表要割捨帝國境內的阿爾德拉教徒，我們也有我們的因應之道喔。」

散發危險光芒的無數雙眼眸包圍輔祭。懷裡抱著光精靈的女神官此時起身宣告。

「將帝國境內所有教徒都拉進來，脫離阿爾德拉總部國完全獨立……若有必要，我們並非沒有這樣的計畫。」

這番話背負了全體同伴的意志。暴露在那股壓力之下，古坦輔祭揚起嘴角。

「獨立——獨立嗎？誇下海口是不錯，但我想問個問題。你們到底打算如何實現目標？」

他從正面還擊瞪視自己的所有人，堅定不移的態度反倒令包圍的神官被氣勢壓倒。

「希望各位回想起來，你們並未被賜予任何聖禮。沒有方法使凡人晉升為聖職者，甚至未能接觸到一點精靈所隱藏的奇蹟。至今為止所有的聖務都由我等掌管，各位一路以來僅僅是聽命行事。正因為如此，和總寺院分開之後，最後你們將什麼也不是。現在不就漸漸變成這樣了嗎？」

輔祭淡淡地仔細說明，好讓神官們徹底領悟到彼此的立場與力量關係。

「一旦失去神官的力量，現任皇帝還會像過去一樣把神殿交給你們管理嗎？我聽說那位女皇已在國內施行苛酷的暴政。回顧歷史，這種人很快就會動念想要排除礙事的神官，獨占主神的恩寵。」

神官們啞口無言地陷入沉默。他們正是憂慮這種可能性，才不惜犯險來到此地。從未聽說現任皇帝對阿爾德拉教團有好感。他們最恐懼的是，皇帝將教團視為和腐敗貴族一樣必須排除的舊惡勢力。

在再度鴉雀無聲的小屋中，古坦輔祭語帶嘆息地聳聳肩。

「……看樣子似乎有些嚇唬過頭了。冷靜點，我們也無意催你們引發叛亂。這完全是各位的誤解。」

再度沐浴在神官們狐疑的目光下，他露出悠然的笑容說道。

「如果在帝國無處容身，逃過來就行了。」

現場再度陷入沉默。誰也難以估量這句話的含意。

「…………啊？」

「我說的是，要你們逃出帝國。逃離沒有神明恩寵眷顧的荒蕪穢土，到我等充滿光明的土地來。」

熟悉的句子傳入神官們耳中。抱著光精靈的女神官瞪大雙眼。

「……法歐利記第一章第二節。主神授予預言者法歐利的聖務……！」

「沒錯，大逃亡。」

古坦輔祭滿意地頷首，大幅度展開雙臂。

「一萬人，或是兩萬人。盡量率領更多的阿爾德拉教徒脫離帝國，逃往齊歐卡的領土——這是授予各位的聖務。」

一樁效法聖典記述的大業。這超乎預測的內容，令所有人啞然失聲。

「當然，只要成功逃亡到我方的勢力範圍，往後的待遇就由我等保障。如今帝國和齊歐卡之間國境警備強化的時日已久，盼望流亡的難民人數應當已上升至瀕臨飽和的程度。各位要帶領這些人前往齊歐卡——根據我等指定的計畫。怎麼樣？勝算遠比隨便叛亂高得多吧？」

輔祭緩緩揚起嘴角。一名神官非常艱難地擠出聲音。

「……要我們背叛帝國，把大批國民出賣給齊歐卡……？」

「不對，是救出他們。帶無罪的眾多信徒離開沒有未來的帝國，引導他們前往光明照耀之地。還有比這更崇高的聖務嗎？」

回過神時，輔祭的雙眼中已燃起火焰。只要一看他的眼眸，任何人都會明白——他本人毫無正在玩弄詭辯的意思。這是一名深信教皇陛下託付之事是真正聖務的狂信者。

「就像各位揣測的一樣，拉·賽亞·阿爾德拉民放棄了帝國，各位與其他眾多信徒繼續留在這艘漸漸下沉的船上也沒有未來。畢竟目前帝國內最高階的神官竟是那個托里斯奈·伊桑馬，留在帝國代表任憑那隻狐狸玩弄——你們之中有人這樣期望嗎？」

神官們的表情同時一陣痙攣，所有人都嚥下了同一句話。給予惡名昭彰的宰相大司教地位的人，不正是教皇陛下嗎——？

「相反的，齊歐卡國民的絕對人數相對於在大陸東邊擴展的開墾地並不充足。各位帶來的信徒應當會隨著充分的支援被送往開墾地。與帝國沒計畫的開墾不同，那是未來必然被開拓得整然有序的土地。」

至於各位──在拉．賽亞．阿爾德拉民，將準備好與達成聖務的功臣相襯的地位，那是在帝國無法期望的飛黃騰達之路。」

除了聖務的重責，古坦輔祭還提出與風險相襯的報酬。神官也不是聖人君子的集團，但這名男子深知從聖俗兩方動搖人心的技巧。

「繼續猶豫也無濟於事。各位，展示你們的信仰吧。這是唯一回報主神的方法。」

*

「「「努啊啊啊啊啊啊──！」」」

不知衰退為何物的灼熱陽光下，齊歐卡海軍士兵們勁頭十足的使力聲傳遍四周。

有人揮斧砍伐樹木、有人搬運砍下的樹幹、有人在最後剩下的殘株上綁上繩索鼓起渾身力氣猛拉。這一切都是強制俘虜服的勞役，做起來不可能輕鬆。

自從在尼蒙古港海面的海戰落敗淪為階下囚以來，就被迫在遠離海岸的帝國北域邊境從事開拓勞動，他們已長期未曾目睹原本生活的汪洋大海。

「咿……拔、拔起了……」「我沒力了……差不多也該休息一下吧。」

經過一番苦戰總算拔起殘株的士兵們大口喘著氣吐苦水。

「還早呢……小子們，換下一棵樹。」

命令他們繼續作業的海兵隊長葛雷奇・亞琉薩德利聲調也缺乏銳氣。在遠離故國的地方勞動──甚至不得不遠離熟悉的海潮氣息，看來正日漸磨耗著他們的身心。

此時──有兩名軍人正從有段距離外的樹蔭下眺望著他們引人同情的身影。

「……那些俘虜看起來疲憊不堪。」

「是，不過那是俘虜應服的勞役。」

擔任現場監督的中尉回答掛著中校軍階章的軍官。他們並肩望著同一幕景象，兩者之間流動著微妙的氣氛。

「雖然讓俘虜太輕鬆也不好，但這樣會影響到第二天的工作吧？……你瞧，還有人累得快昏倒了。」

「是～但我是按照上層的指示安排他們幹活的……」

遭到規勸的中尉面露困窘。站在負責管理俘虜者的角度來看，這個狀況只不過是聽命安排俘虜進行開墾作業罷了。但中校卻有不同的感想，這大概與他本人有過和部下一起被俘的經驗有關。

看著俘虜們渾身塵土搖搖晃晃地四處行動的身影，中校深深地嘆了口氣。

「……真叫人看不下去。今天就讓他們休息吧。他們來自遠比這裡涼爽得多的地方，特別難忍炎熱吧。」

「……既然中校您這麼說的話。」

「日常的勞役也有必要調整作業強度。把難得的勞動力壓榨過度也是一無所獲。而且不能忘了，他們作為俘虜的權利是受到保障的。」

聽到長官偏向俘虜立場的意見，中尉只能一臉難以釋懷地點點頭。

「喂～結束了！今天可以收工了！」

同伴的呼喊一傳進耳裡，被疲勞感籠罩的齊歐卡士兵們臉龐霎時蹦出光采。

「好耶！和葛雷奇隊長說的一樣！」

「咱們努力裝出累壞的樣子可沒白演！」

環顧周遭確認無人監視後，他們撲通一聲坐在地上開始談天說笑。從士兵們的樣子也看得出來，他們並沒有中校所擔心的那樣疲憊不堪。只是為了爭取到提早休息，假扮成疲憊萬分的樣子而已。

「因為聽說有當過俘虜的上官要來視察啊。你們說話可別太大聲，太有精神彆腳的戲碼可是會被拆穿的。」

和部下們一起演了一場戲的葛雷奇如此警告完，咧嘴一笑。本來的他就算部下叫苦也毫不留情，但敵國的勞役就另當別論。既然愈努力只會給敵方帶來愈多利益，那就得在不至於被責怪偷懶的程度下偷工減料了。

「記得感謝提供情報的太母大人。既然作業提早結束，我過去露個臉。你們有什麼話要帶給她的嗎？」

「好想早日見到您！」「請告訴她我們的士氣絲毫不減！」「啊啊啊啊好想見您一面，太母大人啊啊啊啊啊！」

士兵們異口同聲地熱烈喊道。收到他們的意思，葛雷奇點點頭轉身邁開步伐。

「——就像這種感覺。無論哪個傢伙一開口嚷嚷的都是太母大人、太母大人，和兩年前一模一樣。」

從服勞役的地點在監視下搭乘馬車走了半天多，葛雷奇來到監禁俘虜中高階軍官的設施。監禁在此處的人雖不需服勞役，相對的生活幾乎全部置身於嚴格的監視之中。

「對不起，讓你們等了很久……我明知道持續這麼久的俘虜生活，會有人病倒的。」

「白翼太母」艾露露法伊・泰涅齊謝拉少將端正的五官浮現憂慮之色，如此說道——齊歐卡海軍第四艦隊以亡國的少數民族為首，專門集結失去故鄉者組成。擔任艦隊司令的她，以作為海員的優異才幹與稱呼艦隊所有部下是我的孩子的慈愛性格聞名。披在齊歐卡海軍軍服外的羽毛披肩與不在此地的愛鳥米札伊，是她的獨門特徵。

「不必擔心。不管是在戰場上或其他地方，我們的工作都是拚命幹活。」

「可以的話，身為你們的母親，我希望你們的精力都能投注在有成就感的事情上……啊，抱歉，我的意思並非指在這裡的勞役毫無益處，那邊那位先生。他們開拓出的土地會供人居住吧？至少我也自認明白開墾的重要性。」

艾露露法伊這麼向監督會面現場的帝國軍人解釋，投以笑容。光是一個笑容，就讓對方紅著臉別開視線。她大概事事都像這樣害看守們傷腦筋吧，葛雷奇心中想著的同時，坐著的那張尺寸太小的椅子嘎吱作響。

「話說回來，本國沒傳來任何聯絡啊，多半是因為內部糾紛導致難以決定交換俘虜的時機吧。可別忘了咱們就好。」

「應該會有動靜。大概就快了。」

艾露露法伊十分篤定地告訴他，使葛雷奇微微睜大雙眼。

「那個男子對於地位、財產都不執著，唯獨異樣地執著於人才。一旦看中什麼人之後，就不肯輕易放棄。」

就像在表達某種可悲可嘆之事一般，白翼太母發出一聲嘆息。

「儘管要以深情來形容，太過深不可測——」

第一章

Alderamin on the Sky

大逃亡

在帝都邦哈塔爾的心臟，如今成為名實雙方面政治核心的廣大皇宮。這一天，一名男子被押進聳立在皇宮建地內的深綠堂大寺院裡。

「嗚、嗚嗚嗚……！」

那名穿著阿爾德拉教神官服的男子兩側跟著監視武官，被強迫跪倒在紅地毯上，不停地冒著冷汗。其一是害怕自己隨時被斬首也不足為奇的處境，第二個理由則是無法承受眼前君主投來的目光裡那股超乎常人的壓力。

「這傢伙就是未經我的許可企圖跨越國境的神官？」

坐在寶座上的黑衣女皇夏米優．奇朵拉．卡托沃瑪尼尼克詢問。站在她身旁的女騎士迅速乾脆俐落地回答。

「他是哈汀．卡爾法司祭。因逃亡計畫敗露遭部隊逮捕後，依陛下的要求押至此地。」

「計畫的詳細內容是？」

當夏米優繼續問道，站在卡爾法司祭身側的武官立刻回應。

「由於他拒絕招供，尚未問出詳情……不過，計畫涉及許多人這點看來不會有錯。」

喔～女皇聽到後呢喃一聲，目光再度轉向神官。

「軍方的審問應該相當嚴苛，經過審問後還不肯鬆口？」

被那雙黃金眸子盯住，卡爾法司祭打了個寒顫。女皇對那恐懼得縮成一團的背部直接問道。

「我不喜歡慢吞吞的問答。我就單刀直入地問你，你們可有謀反企圖？」

一聽到問題，司祭猛然搖頭。這是他在別說直接發言，甚至不許抬頭的狀況下，竭力表明意見的方法。夏米優從鼻子裡哼了一聲。

「被這麼問起，沒有人敢回答『沒錯，我想謀反』……實際上，我也不認為你們有謀反企圖。身為執政者，我很清楚，教徒們累積的負面感情在現階段並未達到那種程度。」

她根據兩年來培養出的執政者感覺判斷。國民累積了多少程度的不滿，將在何時達到臨界點──任何一名君主都會敏銳地看清那道界線。在展現暴君的態度之餘，夏米優也時時注意著這樣的部分。

「不過，教徒們的不安日漸增加乃是事實，必然有人會企圖趁虛而入煽動你們──齊歐卡自不用說，拉．賽亞．阿爾德拉民也是如此。」

聽到女皇說出的名稱，卡爾法司祭猛然抿住嘴唇。

「我知道你們這些神官一直暗中和總寺院保有聯繫。更進一步來說，我傾向默認此事──以確保緊要關頭所需的外交通路。不過最近這陣子，我和你們的溝通本身就令人生疑。」

「…………！」

「這一點我不會責怪你們。『那傢伙』是大司教，你們想和政權保持距離也無可厚非……就算如此，以為我有意迫害阿爾德拉教徒就太遺憾了。為了解開誤會，我在此斷言，只要我在位期間，阿爾德拉教仍舊是國教，你們仍舊是聖職者。」

夏米優微微放緩聲調說道，命令神官「抬起頭來」。司祭戰戰兢兢地抬起上半身，目睹比想像中沉著幾分的女皇面容。

「我也知道，和總寺院斷絕聯繫，對你們神官的日常業務造成了重大負面影響。首先神學院畢業生便無法成為神官。那麼，我代替總寺院向你們保證。往後不必再徵詢教皇的指示，將教團本身改組成在帝國內即已完整的組織即可。」

卡爾法司祭驚訝地雙眼圓睜，原本充滿恐懼與懷疑的表情摻入一成的希望，女皇沒有錯過這個變化，接二連三地往下說。

「你以為我這樣說是只限於當場的權宜手段？不過——與數量達全體國民半數以上的阿爾德拉教徒為敵對我而言沒有好處。這麼做等於自掘墳墓。」

這本身是個單純的事實。展現暴君的態度也有應遵守的分寸。企圖趁著情勢混亂謀反的人、只顧著從國家牟利不給予任何回報的人——她肅清的對象大致屬於這兩類。光是肅清他們就夠費勁了，她不可能毫無意義增加自己的敵人。

「我不是你們的敵人。在明示這個立場之後，我再問你一次——你們打算做什麼？最重要的是，總寺院要求你們做什麼？」

女皇一連串根據君主原則而發的言論，略微減輕了卡爾法司祭的恐懼。如此一來，他也不能只顧著害怕。司祭拚命蠕動僵硬的嘴唇，開始回答君主的詢問。

「……我等的期望只有一個，就是帝國與拉．賽亞．阿爾德拉民的邦交正常化。」

「從情勢來看，暫時不可能。」

「我們明白……正因為如此，人人都很苦惱。我們不知道正確答案，不知道該怎麼行動才符合信仰之道。」

卡爾法司祭也不加欺瞞地說出實情。對於迷失前進方向已久的他來說，連回答問題時粉飾言辭都很困難。

「我也不清楚比陛下方才的推測更深入的情報。我之所以想跨越國境進入大阿拉法特拉山脈，是為了與總寺院的使者會面請示今後的方針。而且無意盲目聽從，打算嘗試透過交涉恢復邦交。剛剛陛下提到的讓教團在帝國內獨立的方案，也包含在我等準備的底牌裡……」

司祭說到此處中斷一會，吞了口口水再度稟告。

「恕我惶恐，以罪囚之身啟稟陛下——若您剛才說無意迫害阿爾德拉教徒的話屬實，請盡快告知國民您的想法，盡可能傳達給更多人知曉。無論總寺院有何意圖……只有這麼做，才是將教徒們維繫在帝國的方法。」

他眼角泛淚，緊握的拳頭微微發抖。那身影比什麼都更生動地訴說著，卡爾法司祭發言時已做好了被當場斬首的覺悟。

「…………原來如此。」

看出對方的認真，夏米優微微點頭。

「你的忠告我收下了。我要思考一會，暫且退下吧。遠路迢迢而來，你想必也疲憊了，在下次傳召前好好休息吧。」

女皇拋出意料之外的關懷話語，令卡爾法司祭錯愕地回望著她。

「請問，對我下達的處罰呢……？」

「你在說什麼？我可不是一看見人頭就不管不顧地想砍下來的傢伙，打從一開始就只是想找你問話。」

夏米優語帶嘆息地說完後，再度嚴厲地注視著神官。

「依狀況發展而定，以後就由你負責聯繫其他教徒，前提是教團的存續與新體制保持安定。方才的忠告我也會採納，你可有異議？」

如果這番話屬實，與卡爾法司祭的立場並無矛盾之處。這次輪到他來估量對手的本意。他不惜冒著被指責不敬帝王的風險，凝視眼前的君主。

「……陛下。我真的可以相信您嗎？」

「自己決定。你的眼睛和耳朵是為了什麼存在的？」

女皇如此嚴厲地為詢問作結。司祭惶恐地垂下頭，沉浸在漫長的沉默思索中。

「今天陛下讓我很輕鬆呢。」

卡爾法司祭與兩名武官一同離開後，露康緹上尉對自己效命的女皇如此說道。夏米優臉上浮現苦笑。

「……既然是妳說的，這話就不是在諷刺吧。儘管今天的確很難得沒砍掉任何人的腦袋。」

「就算只是砍下頭顱讓人身首異處，想要沒有痛苦地一擊做到並不簡單。而且——老實說，我以為剛剛的神官也會如此，擺開架式做好了準備。」

露康緹輕描淡寫地宣言，她剛剛擺開架式打算殺人。不愧是有本事在現在的帝國擔任近衛隊長的人物，這名女騎士也絕非常人。女皇語帶嘆息地搖搖頭。

「只忙於鎮壓叛亂，未及時安撫阿爾德拉教徒是我的疏失……更何況他並非為求個人的安穩而犯罪，還不惜做出喪命的覺悟也要向我提出忠告。輕率地肆意殺害有骨氣的人物不符合道理。事情僅是如此。」

「那麼，事情就僅是如此。對於下官來說真是高興。」

女騎士露出天真的笑容說道。名叫夏米優的人類並未喪失正常判斷力的事實，比任何事都更值得歡喜。

「——說歸這麼說，法律是法律，罪行是罪行。無罪釋放的判決未免略嫌寬鬆了？」

然而——少女剛要放鬆下來，一個令她的心瞬間察覺危險的聲音傳進耳中。夏米優目光凌厲地望向大寺院入口，語氣激烈地開口。

「我不記得曾命你入殿。你終於瘋了嗎，狐狸？」

「接到召喚才前來是二流的臣子。當陛下真正需要我時，此身已在您的左右。」

穿著象徵最高級文官的卡其色禮服的男子，掛著龜裂般的笑容佇立在那裡。帝國宰相托里斯奈・伊桑馬，是個利用繼承自先皇的多種權限，至今依然棲息在皇宮內的魔物。

「即使如此，將人傳喚至此詢問真是捨近求遠！我明明再三說過，祕密諜報類的任務請交給我處理。只要派遣一百名人手給我，就能馬上查出神官們的內情。」

「這番話想來不是虛言。不過，你會趁隙對他們灌輸什麼可就難說了。只要我還在位，就不打算給你半點暗中活動的機會。」

「既然陛下這麼想那也無妨。不過在現實問題上，必須盡快揭發拉・賽亞・阿爾德拉民的企圖。為此應該拷問剛剛那名神官，查出共犯者並全數逮捕，確認他們在聚會上聽到了什麼消息。」

狐狸直接地對君主的判斷唱反調。那傲慢的態度，令女皇發出勢如烈火的怒吼。

「你僭越了，狐狸！不必動用拷問，我遲早會從那人身上問出情報！只要讓他理解我沒有迫害意圖就行了！」

「這就叫捨近求遠，陛下。既然目的同樣是問出情報，估算起來拷問至少也快上兩天。」

托里斯奈指出極為單純的計算結果，又往下說。

「這是場情報戰。那麼及早掌握狀況，才是決定勝敗的關鍵，夏米優陛下。現在不是捨不得一名神官性命的時候。如果您顧及國家百年的安穩，此刻必須主動狠下心腸──」

「我拒絕！折磨那人之後，你的腦袋卻還沒掉，在我心中不合情理！」

女皇以幾乎要衝上去的猛烈氣勢駁斥他的意見。狐狸輕輕聳肩。

「既然您的意志如此堅定，我不再多說什麼……不過，請您要留意時間。太晚採取對策，教徒們有可能發生暴動。」

「不必你說我也知道……滿意了就退下，狐狸！如果你不打算現在測試我忍耐的極限！」

不再頂撞女皇，托里斯奈一臉若無其事地鞠躬後離開現場。在他的氣息漸漸遠去的過程中，女皇的指甲深深陷進寶座扶手，咬牙切齒。

「……再也沒有比這更令人不愉快的事情了，露康緹。我不由得認為，那隻狐狸的意見也有道理。」

從如此認為的階段起，就必須納入考量。無論多麼痛恨托里斯奈．伊桑馬，作為一名君主要保持公正——是她要求自己承擔的戒律。

「拷問一度決定饒恕的對象的做法沒有討論價值。不過，有必要思考如何彌補因為這個限制產生的延誤……該怎麼做才能盡快掌握情報？」

她做個深呼吸後閉上雙眼沉思，不久後得出結論。

「果然——還是只能依靠值得信賴的人。」

第二天早晨，三名軍人並肩走在宮中通往深綠堂的石板路上。

「……唉。」「……唉……」

暹帕．薩扎路夫准將與馬修．泰德基利奇少校反覆地交互嘆息。走在中間的哈洛不斷鼓勵著致命地缺乏氣勢的兩人。

「兩位，晉見陛下時不能露出那麼憂傷的表情啊！連看到的人都會沮喪起來！就算得勉強自己，也要打起精神！」

「我明白……可是，一想要陛下又要指派討厭的工作，心情就很消沉。」

「我也是，匹配不上的將級軍官地位最近令我覺得好累……」

「真是的！你們這副樣子，又會挨陛下的罵喔！」

哈洛拍拍兩人的背、捏捏他們的臉頰，試著激勵他們。一行人談著談著抵達深綠堂，來到女皇面前時，薩扎路夫和馬修都停止了嘆氣。眼前的對象不容許他們做出這種舉動。

黃金雙眸目不轉睛地俯望著獲准來到御前的三人。

「辛苦你們奉召前來——不過，哈洛妳也來了？」

看到沒有召喚的人物也在裡面，夏米優先提及此事。哈洛滿不在乎地吐吐舌頭。

「放著馬修先生和薩扎路夫先生兩個人我會擔心，就跟過來了……給您添麻煩了嗎？」

「不，沒這回事。我允許妳旁聽，這件事是妳也該掌握的。」

女皇沒有特別責怪她，認同她的在場後切入正題。就算在凡事都獲得特別待遇的「騎士團」中，最近夏米優對哈洛的態度也有特別寬容的傾向。

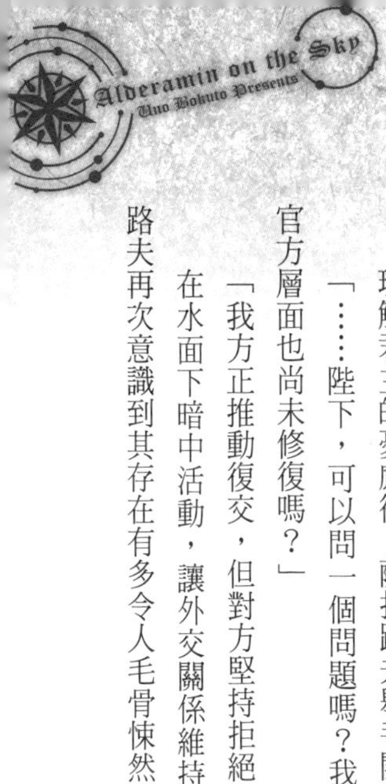

和往往要求他們作為軍官拿出突出表現的馬修與托爾威不同，夏米優對哈洛的期待，是透過她沉穩的性格扮演人際關係的潤滑劑角色。奪走她本人的從容只會一無所獲，因此夏米優常對她不拘常規的言行舉止睜一隻眼閉一隻眼。

「今天找你們過來，是因為國內的阿爾德拉教徒有可疑的動靜。」

微胖青年皺起眉頭。從那個表情看出強烈的忌諱意味，夏米優胸口一陣抽痛。

「又、又是叛亂嗎……？何況是阿爾德拉教徒，那不就既非軍人也非貴族，是一般人？」

「冷靜點，馬修。狀況沒有變成你憂慮的那樣，目前還沒有。」

當然，她絲毫未表露內心想法地往下說。面對三人尋求說明的視線，女皇親自回答。

「位於大阿拉法特拉山脈另一頭的總寺院——拉・賽亞・阿爾德拉民的使者似乎想煽動他們做某些事。教團之間保持聯絡本身是理所當然，但最近司祭以上的高階神官似乎受到動員，我懷疑背後有什麼企圖。」

理解君主的憂慮後，薩扎路夫舉手開口。

「……陛下，可以問一個問題嗎？我國與拉・賽亞・阿爾德拉民的邦交表面上自不用說，在非官方層面也尚未修復嗎？」

「我方正推動復交，但對方堅持拒絕。想從那方面刺探情況也無從著手。」

在水面下暗中活動，讓外交關係維持斷絕狀態的阿爾德拉教總寺院。聽到女皇的說明，讓薩扎路夫再次意識到其存在有多令人毛骨悚然。

「為了避免發生重大問題，我希望對國內進行牽制同時查出教徒們的內情，因此想委託你們這件工作。」

女皇觸及話題核心。馬修神情有些意外地反問。

「……也就是所謂的祕密偵查任務？」

「一方面是如此。更進一步來說，我也期待從中央派遣部隊這項行動本身發揮抑制效果。」

薩扎路夫托著下巴思考，瞄了身旁的部下一眼。

「只要是敕令，當然得二話不說地接受……不過恕臣失禮，我們這幾個人之中有這方面的專家嗎？無論是我或馬修少校，至今的經歷都明顯偏向戰鬥方面，資質未必適合祕密偵查任務。」

將他的問題視為當然的疑問，夏米優淡淡地回應。

「即使想派遣你口中的『這方面的專家』前往，現階段人手幾乎都調到對齊歐卡的諜報任務上，難以召集到足以進行廣範圍調查的人員。所以我想找你們——並非專精此道，但表現令我信賴的人物出這趟公務。」

她特別強調最後的部分說道。此乃無庸置疑的重用，從女皇的角度來說，不管再強調多少次這個事實都不夠。和臣子的摩擦在無意識中漸漸惡化，對所有君主而言等同於難治的惡疾。「騎士團」的信賴關係連最後一道界線也崩潰，是現在的她最害怕的事。

「…………！」

察覺自己的恐懼，少女咬住嘴唇。過去不是這樣的——當炎髮少女還在世的時候。縱使隱瞞著重大祕密，在她身旁，和騎士團眾人的交流顯得友善而溫暖。置身於年長朋友們的溫柔之中，讓少女感受到得以扮演與年齡相符少女的喜悅。

如今已不在人世的她，在他們心中份量有多重？每次描摹過開了個大洞的心靈空虛深淵邊緣，少女就深深體認到這一點。

「……關於人選，我也認為很適合。我並不是要你們當什麼典型的間諜，無論過程如何，只要能確認教徒們的本意即可。根據在艾伯德魯克州和猶納庫拉州的經驗，擅長與一般民眾交流的你們應該辦得到。」

除了與藏匿在後宮內的伊庫塔交流之外，如今她幾乎沒有機會與「騎士團」的成員私下接觸。要說這樣是劃清君臣界線說來很好聽，實際上卻是只能透過「召喚」形式交流的關係——昔日溫暖有人情味的關係，被改寫為堅硬冰冷的主從構圖。

夏米優心中暗藏著複雜的感慨說道，微胖青年緩緩頷首。

「……儘管缺乏自信，我接受這個任務。總之，不是鎮壓而是預防叛亂發生吧。我將盡棉薄之力。只要順利，就誰也不必喪命。」

「沒錯……不過馬修，你愈來愈厭惡戰爭了。身為肩負帝國未來的大將，這恐怕有些問題吧？」

女皇口中半自動地吐出無情的諷刺。連馬修不願自軍同伴受傷這種身而為人當然的感情，都以命令他作戰的身分傲慢地揶揄以對。這也是她要求自己作為暴君應表現的態度之一。

按字面上的意思理解女皇的挑釁，馬修炯炯有神地回望對方。

「我只是受夠了國內的紛爭，對付齊歐卡就會拿出幹勁。擊退蠻夷保衛國民——才是軍人本來的職責吧。」

無視薩扎路夫要他自制的眼神，馬修斬釘截鐵地說。言詞中充滿了對現狀的不滿，流露出「是妳總是命令我打不是保家衛國的戰爭」的意味。

「——！」

馬修甚至摻雜敵意的視線、帶刺的言語，化為帶倒鉤的長槍貫穿夏米優的胸膛。除了她本人，無人知曉那股痛楚有多劇烈——但她絕不會表現出來。

就像無關痛癢似的，少女嘴角浮現一如往常的淒慘微笑。

「聽你這麼說我就放心了——薩扎路夫准將，你可有異議？」

「……唉、唉，我對這份工作沒有怨言。畢竟我也討厭戰爭。」

這一連串的互動沒釀成大事讓薩扎路夫鬆了口氣，如此回答。在北域漫長的不得志時光，使他養成了自虐的壞習慣。

「——請問！能不能讓我也參加這次的任務？」

在事情正要談妥的時候，先前一直在旁邊看著情況發展的哈洛開口。夏米優有點驚訝地望向她。

「妳？為什麼——」

正想開口詢問哈洛的意圖，她也察覺理由何在——無論馬修或薩扎路夫，距離上次出征的間隔時間都太短了。比起肉體的疲勞，更不能輕忽反覆投入不願從事的戰爭造成的精神疲憊。從馬修剛

剛對諷刺的反應，也看得出令人憂慮。

「……我想想。既然專注於練兵的托爾威中校無法同行，妳的支援對他們而言想必也值得依靠。我允許哈洛瑪．貝凱爾少校隨行，讓妳率領一營兵力可以吧？」

「是！感謝陛下的隆情厚誼！」

哈洛露出燦爛的笑容低頭道謝。然而──「她」絲毫沒表露出，心中抱著與女皇的推測截然不同的意圖。

謁見完畢返回基地後，三人立刻聚集在會議室內討論今後的行動方針。

「當前的問題，是該從何處、如何著手調查。」

馬修指出根本問題。微微後仰地坐在椅子上，薩扎路夫也陷入沉思。

「嗯……教團的活動應當是以各地的『神殿』為據點展開。先前往那裡，再四處探查周邊的村落比較妥當。」

「示威和祕密偵查之間的平衡很難斟酌啊。除了組成隊伍緩步前進的部隊之外，還需要有人員隱藏軍方身分進行調查。這批人必須喬裝。」

「說得也對。得在帝都取得大量的朝聖服，事先讓部下們換裝嗎……啊，不太清楚這種狀況都是怎麼處理的。」

缺乏對這類任務的經驗，使他們的軍事會議沒什麼進展。儘管想乾脆徵詢部下或長官的意見，但基於祕密偵查任務的性質，難以向在場三人之外的對象吐露內情。

不忍坐視放置不管很可能撞上暗礁的會議，哈洛開朗地喊道。

「好好好！最優先事項應該是拘留神官吧？畢竟連重要人物名單都列出來了。」

察覺她試圖從其他角度往下談的意圖，馬修和薩扎路夫也瀏覽手邊的名單。

「……嗯，沒錯。一找到這張名單上的神官要立刻帶走審訊，再決定是將人納入我方管理之下，還是派人監視暫時讓其自由行動……考慮到對方可能是清白的，這麼做也叫人心情沉重。」

「我有同感，不過我也明白陛下的顧慮。不能小看神官們對教徒的影響力，過往也發生過好幾次由他們主導發動的叛亂。」

「那是很久以前，足足好幾百年前的往事了。當時只要和軍閥勾結，就能相對容易地獲得武力……但現在又如何？即使阿爾德拉教徒嘗試謀反，你認為會有軍官或部隊協助他們嗎？」

馬修說出根本性的疑問。無論戰意再怎麼高昂，現狀單靠阿爾德拉教徒都無法掀起叛亂。首先是單純的武器問題。現代戰爭的主力武器風槍──若是數量不足，就成了徒具虛名的武裝勢力。但風槍的製造及流通都受到法律限制，一般人連想弄到舊式滑膛風槍都不容易。若想大量取得，就更少不了特殊管道。

「很難講……不過接連四次叛亂都遭到陛下施展手腕漂亮地鎮壓，再加上激進派頭號人物米卡加茲爾克才剛慘死。和陛下登基時相比，國內勢力反彈的機運已被大幅削弱。要是我就會安分下來。」

這一點馬修亦有同感。現在不是掀起叛亂的好時機。若是在前陣子要塞都市加爾魯姜暴動時與其合作倒還有可能，但那場動亂的結果，使新皇夏米優的淫威傳遍全國。很難想像連軍人都不是的教徒們能夠跨越對她的恐懼高舉叛旗。

「話雖如此，也不是沒有信仰虔誠的軍官。這張名單上也有幾個我眼熟的名字。這次得連這方面也納入思路來搜查嗎……」

薩扎路夫一邊在名單中挑選自己在北域接觸過的人物，一邊沒自信地把玩著思緒，但隨即察覺這樣不符合自己的身分，赫然回神抬起頭——現在和兩年前不同，黑髮少年和炎髮少女也不在這裡，身為長官的他不主持會議，不會有任何進展。

「——抱歉。擔任總指揮的我態度不明確，大家都無法行動。來彙整行動方針吧。

首先，將人員區分為兩大類，分別是作為監察團穿著軍服堂堂展示給大眾看的部隊，以及穿便服或朝聖服融入當地進行搜查的部隊。我負責指揮前者，你們指揮後者。想成牽制與真正的目標應該容易理解吧。」

馬修和哈洛分別點點頭。按捺住想確認「真的這樣做就行了嗎？」的心情，他們的長官提醒自己要盡可能明確地發言。

「首先取得大量的朝聖服後出發……儘管有點違背道義，等一切結束之後再向當地的駐紮部隊打招呼。因為那些部隊裡未必沒有內奸，這可是祕密偵查任務。萬一在當地快發生衝突，到時候再想……不，由我來應付。」

薩扎路夫想了一下後改口。對自己稍有鬆懈就想交出主導權的性格，他也感到非常傻眼。

「我明白了！那取得朝聖服的事就包在我身上，兩位請在這段期間做好出發準備。畢竟數量龐大，或許得請你們等一陣子……」

哈洛率先主動擔起雜務。在感激她的積極態度之餘，薩扎路夫思考一會後補充應注意之處。

「那也無可奈何，不過根據任務性質，把衣服全部包下的動作顯得太露骨就糟了。理想的作法是叫部下換上便服，到多家店鋪分別少量購買。這樣得走遍整個帝都的服飾店，只靠你們人手夠嗎？」

「雖然很費力，全營一起出動總有辦法的！啊，早點動手比較好吧。可以開始了嗎？」

哈洛話聲未落便起身離座。薩扎路夫點頭同意後，她綻放一個特別燦爛的笑容敬禮。

「那麼，哈洛瑪・貝凱爾少校這就出發去取得物資！」

她快活地宣言，同時轉身奔出會議室。那過度朝氣蓬勃的身影，讓剩下兩人懷抱同樣的感慨嘆了口氣。

「……害她操心了。我得更振作點才行。」

「是啊……的確。」

馬修拍拍雙頰打起精神。他必須嚴厲地告誡自己，別再毫無意義地抱怨了。

「——所以，今天的任務是取得朝聖服。因為時間很趕，會很辛苦喔！」

聽完注意保持機密的最低限度說明後，哈洛指揮的醫護兵營成員換上便服前往帝都。今天的目的地，是分布於市內各處的數百家服飾店。

「注意別讓行動顯得不自然，盡可能分別從多家店舖少量購買收集回來！尺寸只要別太小都可以！太大改短就能穿！」

「「「「「是！」」」」」

到現場的安排已事先傳達完畢。士兵們分散搭乘馬車抵達帝都，再細分成五人一組為伍展開行動。

「任務開始！請依照分配繞到帝都各地，傍晚六點前回到這裡！因為人手不足，我也加入採購！提早做完是沒關係，但動作比我快我會很難為情的，請多留意！」

聽到部下們爆笑出聲，哈洛一一在他們背上推了一把。

「看到大家有精神真好！出發～！」

儘管感覺今天營長比平常更有朝氣，沒有任何人覺得她的態度不對勁。

「好了——那麼，從那家店開始吧。」

包含哈洛在內的伍造訪一家位於巷弄深處的小店面。

「我去和老闆談談。因為店裡很小，我先做個示範，大家留在外面等我。」

留下這句話，她獨自進入昏暗的商店內。在這個路過客獨自進門需要一點勇氣的地方，哈洛卻毫不膽怯地朗聲呼喚。

「打擾了～我想購買朝聖服，請問有存貨嗎～？」

在後面抽菸斗的老闆聽到聲音後站了起來。這家服飾店似乎由他獨自經營，店內看不見其他店員。

「……啊，朝聖服嗎。我記得收在裡頭，嘿咻……妳要買什麼尺寸的，買幾件？」

「我想買大概十件，男用七件，女用三件。兩種都要成人平均尺寸。啊，還有——」

從背後靠近彎下腰找存貨的老闆，哈洛在他耳旁呢喃。

「——中央將派軍方監察北域的『神殿』。部隊三天後出發。通知煽動民眾的神官們加緊速度並藏匿起來，同志克雷格。」

「——？」

老闆一瞬間猛然回頭。名叫克雷格的男子吃驚地注視著對方依然掛著天真無邪笑容的臉龐。

「妳、妳也是……嗎？」

「沒錯。不過我直到前陣子為止都睡得很熟～」

哈洛輕輕向他打個呵欠。克雷格目不轉睛地檢視著她的一舉一動。

「……妳連我的名字和門路都知道，我卻連妳的長相都不清楚。同樣是特務，我們彼此的階級似乎差得很遠。」

「或許吧。但對多餘的事情感興趣可不是好事——會早死喔？」

她乾脆地發出哈洛絕不會說出口的台詞。克雷格吞了口口水。

「……我將牢記在心。無論如何，這樁事包在我身上，今天之內就用傳信鴿和快馬連絡同伴。不過軍方三日後出發，神官們的遊說不知來不來得及出現成果——」

「這方面大概沒問題。出發之後，我也會安排拖慢軍方的動作。」

女子輕描淡寫地承諾。這回克雷格真的驚訝得瞠目結舌。

「……妳潛伏在帝國軍內部？地位還足以干涉大部隊進軍，包含在這邊活動的所有同志在內，這樣的特務也沒幾個——」

他的話聲中斷，終於想到眼前之人的真實身分為何。

「——難道說，妳是——」

「啊，還有。」

將臉龐湊過去不讓對方說完，與哈洛有同一張面孔的女子從懷中抽出一疊紙塞給對方。

「關於被俘的海軍少將，這份文件上一併記載了我構思的奪還計畫。我本身得去北方無法參加，

不過裡面設計的方法連猴子也做得到，趕緊隨便辦一辦吧。」

「喂，什麼隨便……」

「那這些我拿走了，再見～」

她不等對方回答就抱起衣服，彷彿在說事情已辦妥般離開店面。女子不顧愕然的克雷格跑回部下們身旁，得意地向他們展示手中的戰利品。

「讓大家久等了！先買到了十件！來，趁著天還沒黑到下家店去！」

採購在第二天晚上湊到足夠的數量，做好分配及出發準備時已是第三天中午。這是經過綿密計算以免更早或更晚達成的結果，但她本人一臉歉疚地低頭道歉。

「對不起，要取得足夠數量比預計的更花時間。我擔心一次買太多行動會被察覺，可能太過謹慎了……」

「不，沒關係。這一類作戰不祕密行事就沒有意義可言。」

計畫更早出發的薩扎路夫也沒針對這一點責怪她。他也認為謹慎為上，畢竟幾乎是第一次出祕密偵查任務，薩扎路夫有些超出必要的過敏。

「我從沒想過自己的人生有穿上朝聖服的一天……怎麼樣，哈洛？看起來像個虔誠的阿爾德拉教徒嗎？」

試穿一套服裝的馬修徵詢感想。哈洛沉吟一聲注視他全身上下。

「……身材好像太壯了點？感覺臉頰再消瘦一點更像朝聖者。」

「真敢講。我這兩年可是瘦了不少耶……」

被指出體型肥碩的青年鬧起彆扭。苦笑著拍拍他的肩膀，薩扎路夫下達出發前最後的指示。

「在當地最好別發生戰鬥，但進軍畢竟是進軍。按照前天的說明，讓部隊這次也依照分進合擊的原則前進。設定好目的地，從一開始就分散成比伍更小的單位行動。就算經過喬裝打扮，出現好幾個大批人馬的團體還是太顯眼了。」

「了解……那麼要暫時分開了。由擔任潛入搜察班的我們先走一步，錯開出發時機比較自然。誰的部隊最先走？」

「啊，那麼，由我來帶頭！兩位路上請多小心，下次到北域再會！」

自然地取得先行出發的位置後，她率領部下離開中央。

自中央基地往東北方前進約三十公里後太陽下山，哈洛一行人第一天的進軍宣告落幕。在路線上的村莊借宿吃完晚餐，她躺在一翻身即嘎吱作響的床鋪上和部下們一起就寢——當晚。

「——呼啊～」

她彷彿被月光喚醒般睜開眼，無聲無息地走出房間來到屋外，進入後方的樹林裡。

「哎呀，好美的星空——」

大約一小時前下過的驟雨洗去空氣裡的污濁，那一天的滿天星斗格外清晰。陶醉地仰望頭頂無數閃爍的星子，她忽然開口。

「——那邊的四個人，繼續躲下去也無濟於事吧？快點出來。」

人僵住的氣息透過夜晚的空氣傳來。不久之後，四名男女自鬱鬱蒼蒼的灌木叢身處靜靜地現身。

「……不只位置，連人數都察覺到了嗎？我們太小看妳了，同志派特倫希娜。」

「嗯～我正好相反，或許有些失望。」

哈洛隨意地走近帶頭的那人，下一瞬間不由分說地揪住他的脖子。

「嘎啊——？」

「水準真低。就算要求你們這些參差不齊的特務達到『影子』的水準太苛刻，當我的手腳可得拿出一定的成果喔？然而——這拙劣的躲貓貓算什麼？難道你們誤以為這是小孩子玩的遊戲？」

手指深陷進脖子裡幾乎掐斷氣管，她又突然地鬆手推倒對方。男子當場一屁股跌坐在地上，必須摀住嘴巴蹲下來才有辦法克制自己不嗆咳出來。女子——派特倫希娜妖媚地彎起嘴唇，俯望著他臉孔漲得通紅壓抑生理反射的模樣。

「太好了，至少你還明白這並非遊戲。唉，無所謂。就算有點無能，我本來就沒對你們抱著過度的期待。」

才剛咯咯輕笑著斷然說完，女子臉上的笑意消失，狠狠地瞥了其他三人一眼。

「只是——別扯我後腿喔？敢礙事的話，我馬上剔除掉你們。」

感受到這句話裡毫不隱諱的認真，四人反射性地挺直背脊。如果眼前有蚊子在飛就一掌拍死——她剛剛表露的只不過是這種程度的意思，正因為如此才顯得異常。這代表她能夠用和打死蚊子一樣的感覺除掉人類。

經過這段對話，名實兩方面的主導權屬於誰已昭然若揭。得到使喚眼前四人的權利，派特倫希娜靠在附近的樹木旁思索起來。

「好了～無論如何，首先得拖慢其他部隊的進軍速度～方法必須不過分損及哈洛的評價，不能用這邊出麻煩拖他們下水的招式，可得絞盡腦汁想想。」

又沉思幾秒鐘後，女子忽然一拍掌心。

「嗯——對了，針對胖子和鬍渣男共通的弱點下手吧。那邊那個人，妳知道他們的弱點是什麼嗎？」

「馬修・泰德基利奇少校和暹帕・薩扎路夫准將共通的弱點？不、不清楚……」

找不出答案的女特務陷入沉默。派特倫希娜轉眼間露出瞧不起的神色。

「不知道？真的嗎？咦～真笨～答案不是一目了然嗎？」

她再度感嘆部下的水準之低，不等對方思索便迅速說出答案。

「他們兩個人很好。好到構成作為軍人致命的缺陷。」

*

馬修目睹那一幕，是出發後第二天下午的事。

「──嗯？那是什麼？」

由於尚未脫離帝國中央區域，他依然穿著軍服率領一個連兩百名士兵行動。人們圍著幾輛馬車爭論的身影，突然躍入他的眼簾。

「運貨馬車進退不得？……啊，往這邊跑過來了。」

看見微胖青年等人身上的軍服，那群人慶幸地奔向他們。在馬修詢問事由之前，對方不由分說地蓋過話頭。

「各位是軍人嗎？拜託你們幫幫忙！」

「哇──冷、冷靜點，出了什麼事？」

「我是住在附近的樵夫，有夥伴在伐木途中被倒下的樹砸傷了，我們想送他們到距離這裡大約二十公里遠的診所……」

男子說到此處停頓一下，指向癱在地面的馬匹。

「也許是熱壞了，馬匹突然倒了下來……！這樣下去沒辦法把傷患搬離這裡！」

馬修探頭望向男子指出的馬車，裡頭擠滿許多綳帶滲著血漬的傷患。男子帶著痛切的神情向忍不住皺起眉頭的他懇求：

「有些人必須馬上接受治療。不快點搬運不行……阿兵哥，請幫幫我們！」

在馬修等人的後方，薩扎路夫的部隊也碰到意料之外的麻煩。

「真傷腦筋，沒想到橋居然塌了……」

也許是被水量增加的河水沖走了，跨越眼前河流架設的橋梁在半途折斷流失，一群看來是當地居民的人正聚集在那裡展開維修。薩扎路夫感到才剛出發就被潑了冷水，俯望手中的地圖。

「迂迴繞過這裡也很麻煩。該怎麼辦呢？」

如果人數不多，搭渡船過河也是個方法，但將大批人馬送往對岸太花時間了。發現薩扎路夫面對問題陷入思考的身影，一名當地居民忽然過來攀談。

「阿兵哥，你們想過橋？那能不能幫忙我們修橋？像你看到的一樣，咱們人手不夠。」

「嗯……預估多久能修好？如果我們幫忙，不說非要今天之內修好，但明天或後天能夠通行嗎？」

「這得看你們而定。不過這座橋的結構單純，光是增加人手作業進展就會快得多。順利的話，明天或後天未必無法通行。」

又得到一個模稜兩可的答覆，迫使薩扎路夫得做微妙的判斷。要接受離開這裡繞一大圈遠路，還是度過協助維修後復原的橋梁——他一下子難以決定哪一方才是恰當的判斷。

「話說……看上去維修也進行到一半了。」

建築材料完全被沖走空無一物的只有中央一小部分，從兩岸通往中央的範圍已經建造好橋梁的基礎。只要修理工程再進行一陣子鋪上木板，大概就能勉強通行——薩扎路夫根據過去的工作經驗決定行動方針後重新轉向部下們。

「真沒辦法……好吧，我們也來幫忙修橋。大夥拿出工具！」

*

在軍人們意外地被絆住時，在他們的目的地北域東側一帶，接受拉·賽亞·阿爾德拉民要求的神官們正四處說服教徒。

「……我要說的就是這些。如果你們有意……請把命運託付給我。」

窗戶緊閉的屋內。在各個貧窮村落的有影響力人士齊聚一堂的聚會上，神官說明完狀況後催促他們做選擇。眾人皆面露苦澀表情地垂下頭。

「繼續留在帝國也沒有未來……連司祭大人都這麼說？」

「我並非說國家最近就要滅亡……可是，在逃離齊歐卡侵略時失去田地的你們，卻很難脫離佃農的身分。」

神官謹慎地斟酌詞語，指出殘酷的事實。隨著舊東域陷落戰線後退，許多原本住在這一帶的居民不得不拋棄土地逃難。移居到其他地區的他們想繼續務農只能租借土地，如此一來，大部分的收益必然地被當成田租收走。神官挑選這些身處困境的人，提出逃亡至國外一事。

「不過在齊歐卡就能擁有土地，還是在與帝國反方向的大陸東側。你們想必能夠在遠離戰火之處，接受國家援助專心耕作。這麼說也許很失禮……對於已然嘗遍辛酸的各位而言，事態再怎麼變化也不會比現在的處境更糟糕。」

阿爾德拉教重視博愛精神，他們這些教團成員平常就持續給予為貧困所苦的人們援助。很多人靠著這些幫助存活下來，因而深受此地區貧民的支持。在他們一再拜訪進行生活支援與傳教的村落中，神官的影響力已上升到不容忽視的程度。

「這一切的前提，都是順利逃亡至國外——對吧？」

儘管如此，想說服民眾仍不簡單。面對這群拋棄土地逃難來此的人，這次要慫恿對方拋棄國家逃亡。在民眾何時勃然大怒也不足為奇的緊繃氣氛中，神官感到冷汗淌過背脊，繼續卯足全力說服。

「我會讓你們離開。我以主神之名立誓，絕不違背承諾。如果這個計畫沒成功，我自己的未來也將封閉。一旦開始著手，我直到最後都與各位同生共死。」

光靠利害說明終究不夠。想從根底撼動一大群人的生活，必須表明對於這種行為的責任感。為了迫使眼前的貧窮教徒們投入大逃亡，他這名神官非得是足以託付性命的對象不可。

「你沒考慮過萬一在場有人向軍方告密的可能嗎？」

「到時候的事到時候再說。那代表我身為一名神官的德望不足吧。」

他前來此地時已對那種可能性有所覺悟。面對難以下定決心陷入沉默的教徒們，神官為說明做結。

「你們能夠選擇。但從提出這個提議開始，我本身對帝國來說就成了叛徒。希望大家理解，我是抱著破釜沉舟的決心站在這裡。」

「…………」

「要和我一起奔向未來？還是留在這裡？如果做好選擇的話，請告訴我答覆──」

神官催促他們回答。在他眼前，做好覺悟的教徒們眼神逐一地直盯著前方。

*

無從得知狀況正時時刻刻不斷惡化，更糟糕的是馬修等人進軍被延誤的情況失去控制。

「喂喂，這和先前說過的不一樣……！不是搬送完傷患就結束了嗎？」

拿著鐵鍬挖出沙土的青年大喊，在一旁進行相同作業的中年男子不知是第幾次的低頭謝罪。

「對不起對不起！但是如你所見，土石流淹埋了診所的入口，這樣房子沒法使用！不找許多人合力盡快清掉沙土的話……！」

馬修忍不住咂嘴。總之，現狀是將出意外的傷患送達，目的地卻又發生了另一樁意外。事情涉及人命，他們無法置之不理，只好不斷地動手幹活。

「……！雖然說不能坐視不管，意外地被拖慢了速度啊，可惡！」

「──什麼，建材又崩塌了？」

薩扎路夫這邊同樣問題頻傳。相對於想盡快修復橋梁渡河的他們，工程不知為何在只差最後一步之際停擺。橋梁本該組裝完成的部分一再崩塌，他終於快要等得失去耐性。

「究竟是怎麼一回事，這兩天來都發生四次了！我們明明得盡快渡河，別浪費時間拉長工程啊……！」

「不好意思～似乎是設計圖出了錯～現在正急著做修正，同樣的問題不會再發生了，能不能再陪咱們修理一會。」

那名當地居民還想以推推托托的態度留住軍人們。再三體認到對方的言行不值得信賴，薩扎路夫用嚴厲的口吻斷然宣言。

「這是最後一次！下次再崩塌，我等就要改繞遠路！」

＊

當然，馬修和薩扎路夫遭遇的狀況並非單純的倒楣。那是經過綿密計畫的蓄意妨礙，在某種意義上的「攻擊」。兩人甚至沒有發覺，自己落入某人的圈套被玩弄於股掌之間。

「可以訴諸更直接的方法吧？」

然而在主謀的意圖之外，設陷阱的一方也有人急於獲得成果。當眾人聚集在荒廢空屋中報告狀況時，一名男性特務在她面前豁出去提案。

「……嗯？那邊的傢伙，你剛剛說什麼？」

「是。目前在拖延其他部隊進軍方面，派特倫希娜小姐您指示的都是間接的防礙工作，如破壞行進路線上的橋梁、安排當地居民絆住部隊等等。儘管得到相應的成果，感覺卻是捨近求遠。」

屈就於慢吞吞的手段不合我的性子。聽出男子的心聲，有著哈洛臉孔的女子懶洋洋地反問。

「……啊，是嗎。那我姑且問一下，你想怎麼做？」

「對馬修少校和薩扎路夫准將下毒如何？」

男子毫不忌諱地說出他所能想到最迅速有效的手段。

「這是和平時期下達的祕密偵察任務，而且還是在前往現場途中，他們的戒心較低。若是現在就有可能實行。只要斟酌劑量，無論要殺掉他們或讓人無法行動都隨心所欲。只要您馬上下令，我將偽裝成食物中毒，在今天之內取得成果向您——」

提案還沒講完，男子的視野翻轉過來。

「你————

「——是白痴嗎？」

男子花費數秒鐘後終於理解，自己被捉住手臂按倒在地——令人難以置信的劇痛，伴隨這個認知從手腕竄向肩頭。

「——嘎啊？」

「對胖子和鬍渣男下毒？在他們處理皇帝親自交付的機密任務途中？那豈非等於主動告訴他們『自己人裡出了背叛者』。你真的一點也不明白，我是基於什麼準則命令你們活動的。」

關節咯吱咯吱作響。她折磨的部位既非骨骼也非肌腱，而是痛覺神經本身。這種技術與以打倒敵人為目的的武術有所區別，是嚴加攻擊目標使其灰心喪膽，聽憑擺布的技巧。

「我和哈洛跟隨處可見的成堆沒價值小嘍囉間諜可不同。我們的任務是一度潛伏到指派地點後，持續從敵方勢力中樞傳回情報直到達成戰略目標為止。因此讓身分曝光根本免談，在那之前就不能令敵方察覺我們的存在。一般來說，不說到這個份上就無法理解嗎～？」

男子口吐白沫。沒慘叫出聲並非身為特務的分寸，而是他除了咬緊牙關之外什麼也做不到。生活在世俗的普通人一生大概沒機會體驗幾次的超越界限劇痛，此刻正侵襲著他。

「還有～什麼依你個人的判斷決定要不要殺掉敵國重要人物，這種不知輕重的想法聽得我都快昏倒了。如果我想殺他們，機會要多少有多少——無論要下毒或暗算都行。既然上頭沒下這種命令，就該察覺是刻意放他們活著。」

女子精妙地調整施予疼痛的程度，懇切地教育不成熟的部下。正如字面意思般，讓他「痛切」

感受到作為特務的錯誤認知——出色的學習總是伴隨痛楚，宛如在柔軟的肌膚上刺青。她只懂得以這種形式教導他人。

「原本，暗殺在特務的手段裡就屬於下下乘。如同軍事本身，間諜任務也從屬於政治。凡是考慮到日後的外交交涉應當留他一命的人才，我們反倒必須給予周到的保護。胖子和鬍渣男就是這一類人，還跟哈洛交情特別深。這次要扯他們後腿，謹慎再謹慎是理所當然的。」

派特倫希娜白皙的指尖撫摸他手腕的一部分。只是一個動作，男子全身就爆發性地痙攣起來。失去焦點的雙眼骨碌碌地轉動，水漬在長褲股間擴散開來。

「理解了嗎？有牢記在心，再也不忘記嗎？——這是最後一次。你明白吧，如果下次再胡言亂語……」

女子放鬆擰住手腕的力道，嘴唇湊到男子耳畔悄然低語。

「你就是不要的玩具了……我會把你拆下來疊起來收拾好，收進黑漆漆的箱子裡喔？」

她用令人膽寒的聲調仔細說給他聽，將他的手腕微微往旁邊一扭。那一瞬間，最後的劇痛襲向男子——終於給予他名為暈厥的解脫。

＊

「抱歉，路上出了一些事遲到了……！搜查已經展開了吧？」

當遭遇大大小小許多麻煩阻礙的馬修抵達當地時，已遠遠超過預定日程。先行抵達展開工作的哈洛沒有責備他，笑著點點頭。

「——是！我派人巡訪這一帶的『神殿』與周遭的村落，發現數名在名單上的神官，已安排人監視了。」

「比起審訊，選擇暫時讓目標自由行動嗎？妳比較適合這種做法……好，我也加入搜查。妳還沒派人搜查的地區是哪裡？」

「可以按照預定計畫請你負責州的南側嗎？我是從北邊開始著手的。」

「了解！看我趕回延誤的時間！」

馬修一拳拍在掌心上打起精神，衝出帳篷。帶著一如往常的笑容目送他的背影，她滿意地自言自語。

「嗯嗯，這樣很好……幹勁十足地四處奔走，然後白忙一場吧！」

薩扎路夫的部隊更晚了三天後才抵達。他神情尷尬地來到司令所的帳篷，儘管覺得很丟人，他開口第一句話就是道歉。

「抱歉，我一再判斷錯誤害得部隊遲到……目前進展如何？」

聽到問題，馬修和哈洛都露出微妙的表情面面相覷。

「扣掉初期行動延遲，搜查本身還算順利……但沒查到什麼可疑的部分。」

「我這邊也一樣。除了監視中的神官，同時也探查了一般人的動向，截至目前卻沒發現不對勁之處。」

總之，現狀並未得到清晰可見的收穫。確認這一點後，他們的長官搔搔後腦杓。

「是嗎，果然沒那麼簡單……不，沒出事就結束自然是最好的，不過……」

異狀能夠發現，但正常無異狀的事就發現不了——這是調查任務的矛盾之處。一方面追求清晰可見的成果，相反的他們本身卻比什麼都希望無事可查。

「無論如何，從今天起我也會大張旗鼓地展開監察。對整個地區施加壓力之後，先前沒曝露破綻的傢伙或許也將有不同的動向。接下來才是重頭戲，你們倆要集中精神投入。」

「是！」「是～！」

兩名部下回應，薩扎路夫也抱著重新開始的心情投入任務。然而——到頭來，他們的搜查不可能有成果。應當調查的重要地點和應當防備的重要人物，都被率先抵達當地的「她」搶先下手過了。

＊

前往東北的馬修等人每隔兩天會向在帝都忙於政務的夏米優發出定期聯絡。不過——一再收到「現階段未發現異狀」的報告，女皇也開始懷疑是自己杞人憂天。

「……這次是我自尋煩惱嗎？」

「如果是這樣，那值得高興。」

翠綠堂大寺院中，站在寶座旁待命的露康緹面露笑容說道。夏米優也靜靜頷首。

「是啊。再也沒有比出乎那隻狐狸預料更痛快的事了——」

她的心靈得到片刻的安心。然而下一瞬間——時機湊巧得宛如在嘲笑這個念頭，一名武官衝進執務室。

「陛下！有緊急消息稟告！」

「什麼事！」

女皇瞬時繃緊放鬆的精神回答。武官立刻說明。

「前往北域監察的薩扎路夫准將部隊方才傳來緊急聯絡！當地有大批教徒集結，開始往東北大遷徙！」

與最糟糕的預測有微妙差異的報告內容，令夏米優皺起眉頭。

「大遷徙……集體逃亡？大批的具體人數是多少？」

「保守估計超過一萬五千人，可能多達兩萬！」

那個數字奪走了女皇心中最後的樂觀。她體認到事前的防備沒發揮效用——另一方面，又感到揮之不去的狐疑。

「……派遣監察人員過去，卻沒有事先發覺這種規模的計畫……？」

這一點令她難以釋懷。派馬修等人前往北域，正是為了將這種狀況防範於未然。當然，有可能是他們不熟悉的任務未能發揮全力。但是……就算將這一點納入考量，夏米優還是無法接受我方未掌握任何徵兆就讓事情發展到這個局面。無論馬修或薩扎路夫，都是能力得到她的信賴才受到重用。

「……現場如何處置，派出追兵了嗎？」

「據說部隊發覺動靜追上去時，大部分教徒已進入大阿拉法特拉……他們打算暫且絆住後續的教徒，同時派分遣隊在山路預先埋伏堵住前進路線。」

事件的舞台已穿越北域荒野，漸漸轉移到山脈內部。認知到這件事時，夏米優下定決心從寶座上起身。

「——自中央基地緊急召集第一旅，還有托爾威的部隊。我要出征。」

面對君主毫無迷惘的決斷，困惑的武官戰戰兢兢地提出意見。

「陛下……可、可是，這次並非內亂。雖然是重大事件，交給當地鎮台處理無妨才是。」

那還殘留樂觀想法的認知，讓夏米優搖搖頭。

「誘發了這種重大異常狀況，齊歐卡不可能坐視情勢發展。他們是以教徒為誘餌，將馬修一行人引進山脈內。那裡必定設了陷阱。」

她必須如此判斷。回想起昔日的戰爭——北域方面戰役的發展，就更不容輕忽。

「戰爭即將發生。不——多半在當地已經爆發了。」

第二章

Alderamin on the Sky

向東方前進的人們

軍人們目睹那一幕景象時的心境，該如何形容呢？

帝國北域，大阿拉法特拉山脈東部。植被在這一帶沿著山巒生長，風貌與過去成為北域動亂舞台的山脈南部及北部荒地有所差異。海拔較低處氣候潮濕，綠色植物生長茂盛，靠齊歐卡側的地區山間甚至零星散布著熱帶雨林，環境反倒近似舊東域。

話雖如此，抬起目光往高處看去，就能發現高聳入雲的群山威容與其他地方相比毫不遜色。正成群登上山脈險峻地表的人們，即使遠遠望去也明顯看得出速度遲緩，顯得十分無依無靠——隊伍中大概有兒童和老人，也有傷患和病患，在嚴酷的翻山越嶺過程中不可能無人掉隊。儘管如此，他們仍決定登山，捨棄不受神明眷顧的故國。

「……見鬼了。」

拋棄出生成長的帝國，試圖依靠信仰逃往國外的眾多信徒。

這便是暹帕・薩扎路夫准將指揮下全體士兵目睹的景象。

「……光是看得見的範圍內大略估算就有四、五千人。包含位於死角的傢伙在內，人數大概有一萬。」

站在率領部下登上的台地上，馬修探頭看著望遠鏡說道，語氣流露出不甘心與鬱悶。

「到達此地之前，我們在後方拖延住的教徒約有一萬出頭……全體有半數上了山。」

咚！薩扎路夫一拳敲在樹幹上。自己的不中用，令他抿起嘴角。

「為什麼沒能掌握預兆……？我們的著眼點估計錯誤得這麼離譜？」

在面露厲色的兩人身旁，有著哈洛臉孔的女子垂下目光。

「對、對不起……一定、一定是我的錯。是我在負責搜索範圍內漏掉了線索。」

扣掉蓄意為之這點以外，這句話完全是事實。不過沒預料到她替換過人格的馬修與薩扎路夫，出於天生的責任感免除她的責任。

「狀況的成因不是一個人出錯就能說得通的。要說犯錯，我們所有人大概都有錯。否則事情不會難看到這種地步。」

「我有同感。不過弄成這樣子……被陛下下令斬首也沒得抱怨。」

聽到薩扎路夫脫口而出的台詞，微胖青年一臉嚴肅地搖搖頭。

「別說這種話，准將。這不算是玩笑。」

「抱歉。我也是說出口之後才注意到。」

薩扎路夫使勁以兩手拍拍僵硬的臉龐轉換心情，望向前方。

「已發生的事情無從挽回。我們暫且進軍至此，一路以來攔下了追上的傢伙。剩下的問題，是該拿眼前這些人怎麼辦。」

「未經許可出國是明確的犯罪行為，不可坐視。放這麼多人逃走，很可能危及陛下政權的信賴度。我們必須盡可能多帶一些人回來。」

「雖然有道理——但是，為此不惜再深入山區嗎？」

長官帶著不祥聲調的發言令馬修猛然皺起眉頭。

「……我也不打算犯下和薩費達中將相同的錯誤。」

「真巧，我也是。至今進軍時都有仔細留意，避免拉長的補給線遭到游擊戰攻擊……不過，大部分席納克族都下了山，很難認為他們會單純地重演上次手法的翻版。」

薩扎路夫冷靜地分析。北域動亂的游擊戰是有熟知山脈地形的當地部族參與才得以實行的戰術，不是齊歐卡及阿爾德拉神聖軍在朝夕之間模仿得來的。儘管如今尚有席納克族的倖存者住在山脈上，他們已是殘兵敗將。他不認為對方還有力氣在此時再度掀起叛亂。

「儘管如此，不想繼續前進也是我毫無虛假的真心話——但在這裡揮著手帕目送一萬國民離去，到時候剛剛的玩笑話可真的不是開玩笑了。為了不犯下與薩費達中將相同的錯誤，無論如何都必須前進。」

薩扎路夫說到此處同時轉身，環顧周遭一帶。

「司令部和野戰醫院就設在這片台地——前線指揮可以交給你嗎？馬修少校。我想派你那一營做先鋒。」

被點名的青年沒有立刻答應，神情嚴厲地回話。

「……這場逃亡劇十之八九是齊歐卡和拉·賽亞·阿爾德拉民搞的鬼。如果他們以教徒為餌吸引我們，在追逐過程中必然將發生戰鬥。」

「嗯，多半沒錯。」

「打退襲擊者，盡可能帶最多教徒返國。這麼解釋我的任務沒有錯吧？」

目睹他的長官有力地頷首，同意這最後的確認後，馬修挺直背脊敬禮。

「謹領大任──哈洛，後方就拜託妳了，好好幹。」

「馬修先生……請多加小心。」

馬修點點頭回應同伴的關心，轉身離開。目送他背影離去的女子表面上完美地扮演了哈洛，內心卻正輕聲嘲笑──一切都如她所料。

*

在和緊追不放的帝國軍還相隔一段距離的山上。摻雜了男女老幼的教徒們正神情急切地在已稱不上是路，布滿岩石的崎嶇路徑上艱難前進。

「哈啊、哈啊、哈啊……！」

「老公，不行了……不休息一會，孩子們要……」

不忍心看到孩子疲累得抵著膝蓋喘氣的樣子，作母親的請求。然而，走在前頭的丈夫猛力搖頭。

「還沒到，別停下腳步！剛剛你們也看見了吧，帝國軍的追兵已經上山了！那些傢伙腳程比咱們快得多，拖拖拉拉的對方馬上就會追上來……！」

在犯下逃亡國外罪行的現在，從背後逼近的帝國軍相當於驅逐他們的獵犬。沒逃過獵犬的利牙，這條性命就活不到明天——姑且不論事實，他們這麼認定。

「只要抵達那裡——那個山頂，就在那邊休息。你們能夠堅持到那裡為止吧？」

男子一邊說話，一邊拍拍孩子們的背鼓勵道。於是老大再度邁開步伐，但年紀小的兩個反倒哭叫得更兇了。焦躁的父親拉住兩個孩子的手臂。

「振作點……！來，抓住我的手！」

儘管那麼說，可是手腕被人捉著不方便走路，結果他只得一次揹起兩個孩子。兩個小孩的體重沉甸甸地壓在身上，男子一步步竭力地登上山路。

「呼！呼！呼……！……嗚喔？」

剎那間，他的右腳踩中鬆動石塊猛然下沉。男子走在懸崖邊難走山路上的身軀，連同背上的孩子一起大幅傾斜。

「老公？」

他的妻子驚叫。在她目光所及之處，父子即將三人毫無辦法地摔到懸崖下——就在慘劇發生前，某個人伸出有力的胳臂抱住他們。

「——好險。多虧你們平安無事地抵達這裡。」

「……咦？」

和兩個孩子一起緩緩地倒臥在岩地上，男子愣愣地回望著救命恩人。穿著與帝國軍不同軍服的

士兵對他們投以溫和的笑容。
「我是齊歐卡陸軍的拉巴爾伍長，前來迎接各位。我方已備妥食物、清水與驢子，接下來請儘管放心。」
男子聽他這麼說後環顧周遭，發現除了拉巴爾伍長之外還有大批齊歐卡士兵在不知不覺間出現，協助一起上山的同伴們。他對趕到他身旁的妻兒表示自己沒事後，不禁對眼前的狀況感到愕然。
「迎、迎接我們……跑到這種深山來？」
「不只是我們，主神的使徒們也趕來了。」
他順著拉巴爾伍長指出的方向望去，只見佩帶一星徽章的軍人們正和齊歐卡士兵們一樣，不，更加熱心地幫助教徒們。男子瞪大雙眼注視著這一幕。
「拉．賽亞．阿爾德拉民神聖軍……！」
「嚇著你了？我等和他們合作，保護期望逃離帝國的阿爾德拉教徒。既然抵達這裡，就什麼也不必擔心了。」
伍長扶著男子的背緩緩攙扶起他，如此仔細告訴他，然後關懷地望向男子的家人。
「太太和孩子們應該也累壞了。走不動的人請騎上驢子，我帶各位到前方不遠處的野營地去。雖然說這裡很快將化為戰場，無法休息太久。」
「嗯、嗯……不好意思，你真是幫了個大忙……」
訝異於出乎意料的優渥援助，男子勉強擠出回答。在他身旁，孩子們正爭相從伍長遞出的水壺喝水。

「──到目前為止有四千餘人嗎？Mum，步調還不壞。」

在連綿不斷攀登山路的教徒集團最前方，是齊歐卡、阿爾德拉神聖軍雙方的據點。在動員兵力方面，齊歐卡出兵約三千人，阿爾德拉神聖軍約兩千人，合計五千大軍沿著流亡者們的逃亡路線散開。

在司令部的帳篷中，擔任齊歐卡方面總指揮的陸軍少將約翰．亞爾奇涅庫斯接獲部下的定期聯絡，臉上浮現開朗的微笑。

「五天後應可達到六千人左右。假使帝國的追兵追上來，那就是在他們之後上山的民眾。」

副官米雅拉．銀謹慎地補充道。但下一瞬間，和她形成對比的厚臉皮聲調加入對話。

「人數上升到帝國無法忽視的程度啦。計畫準備期間雖短，真虧能招攬來這麼一大批人──對了，約翰。37加61是多少？」

「98，博士。愈貧窮的人愈依賴宗教是一大要因。神官的外流直接關係到教徒的外流。雖說有和拉．賽亞．阿爾德拉民斷絕邦交的背景在，疏於付出努力維繫住他們是帝國的疏失。這狀況可以說有一半以上是帝國自作自受。」

「以前四處嚴加追緝我們的神官們，如今過得有一頓沒一頓的，拋棄國家逃亡過來。這麼一來，

那些傢伙也會懂得一點被追捕的辛勞嗎？——48乘11是多少？」

「528。數字再大一點也沒問題，博士。」

當約翰即刻回答，阿納萊在便條紙上再度劃個○，連連點頭。

「嗯，到目前為止每一題都答對嗎。回答也全在兩秒之內，你的腦子果然厲害。」

得到讚賞的約翰微微一笑。為了驗證自身提倡的大腦分割睡眠假說，老賢者正定期測量他的能力。

一旁的米雅拉皺起眉頭——她不喜歡驗證作業不時差進日常業務之中。

「……那個，阿納萊博士。雖然我們同意您同行，這樣未免太過干擾約翰集中精神……」

「不，不要緊，米雅拉。插入區區兩、三位數的計算，對我的思考沒什麼影響。」

即使想提醒博士做得太過火了，當事人約翰不拒絕她也毫無辦法。不顧默默吞下不滿的米雅拉，白髮將領繼續親暱地與阿納萊交談。

「Ｙａｈ，話說回來——沒想到您連山岳任務也跟來了。就算爬上海拔近三千公尺的高山，博士的言行舉止還比周遭的士兵們更加活力充沛……正如您所言，您的腿腳真是強健。」

「那是當然了。我和某人不一樣，每晚都睡得很飽～」

老人挺起單薄的胸膛宣言。他面對高級軍官極度缺乏顧慮的態度，使得米雅拉每一秒不斷逼近忍耐極限。

「……所以說！請您收斂這類言行——」

「博士——！請看看這個！這個！」

米雅拉再度開口說到一半，被突然衝進帳篷的男子蓋過話頭。約翰和阿納萊的視線也轉向了他。

「怎麼了，巴靖——嗯？這是……！」

「這是從西邊懸崖露出的地層挖掘出來的！明明怎麼看都是經過人工研磨的金屬板，卻令人吃驚的幾乎沒有生鏽……！」

巴靖遞出一片掌心大小的金屬板，興奮地說道。約翰也很感興趣地探頭注視。

「Hum？打攪一下……的確是不可思議的物體。不過博士，你們為何那麼激動？」

「那還用說！因為這或許是古代文明的遺留品！」

老人像個孩子般興奮得漲紅了臉。白髮將領不解地歪歪頭。

「古代文明……？打個比方，是指比構成齊歐卡基礎的六國和卡托瓦納帝國成立以前更早的時代嗎？」

「遠比那些更久遠。至少要回溯五千年以上。」

提出浩瀚的歲月，阿納萊像在作夢般越過帳篷仰望天空。

「在連文獻也沒有記載的遙遠過去，曾有過遠比現在的我們更加進步的發達文明。生活在那個時代的人們創造並遺留至現代的事物，正是四大精靈——這是我所提倡的『超古代文明論』的概要。當然，目前還只是假說。」

聽到這太過離奇的內容，約翰驚訝得雙眼圓睜。

「——精靈是？由人創造的？……對不起，博士，我不太明白您的意思。」

「怎麼怎麼？明明不是特別虔誠的阿爾德拉教徒，你也盲目相信精靈是由神創造派遣到人間的？很好——就由我來替你啟蒙！聽著，本來精靈的存在在自然界也非常特殊——」

阿納萊像抓住良機般開始向約翰講課。由於氣氛變得不容插話，米雅拉只能保持距離旁觀著這一幕。

一隻大手忽然拍拍她縮起的肩膀。

「……別沮喪。」

「別、別突然嚇人！」

同袍塔茲尼亞特·哈朗一臉同情地站在她身旁。齊歐卡軍體格最魁梧的壯漢悠然地接下米雅拉具遷怒意味的帶刺話語，嘆了口氣。

「就連我也沒料到，約翰會那麼親近一個人。不過這也無可奈何，那位博士就像是每次打開都會冒出某種驚喜的驚奇玩具盒啊。」

「可、可是……！談論那些東西偏離了軍人的職責！」

「儘管這麼認為……妳有辦法在約翰本人面前說出口嗎？妳瞧，他那開心的側臉。」

哈朗以眼神投向白髮將領。不需要他說，米雅拉當然也知道，約翰正露出對未知充滿好奇心的少年面容。目睹那樣的景象，她不可能不知趣地插手干涉。

「像先前妳所說的一樣。我沒見過約翰露出那種表情。在博士出現前，連一次也沒有。」

「…………」

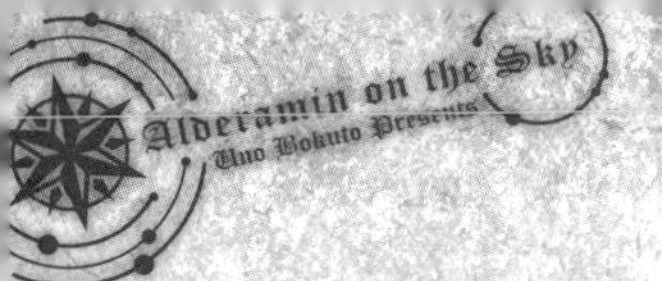

「我們辦不到的事情卻讓博士給得手了，老實說我覺得心情很複雜。那傢伙能找到達成使命以外的喜悅，大概是件好事。妳也有同感吧？」

猶豫半晌之後，米雅拉微微頷首。哈朗感同身受地接納她的掙扎，身為年紀較長的人，他選擇明理地面對此事。

「若妨礙到任務姑且不提，沒有的話就老實地在旁邊觀看吧。也許得寂寞一陣子——別擔心～要是約翰太冷落妳只顧著陪博士玩，到時候由我來唸他。」

「多管閒事……！」

米雅拉握拳敲在他的胸膛上，面紅耳赤地走出帳篷。「再來～」哈朗微露苦笑地目送她的背影離去，喃喃低語切換心情。

「無論如何，我方的圈套漸漸布置妥當——帝國的傢伙會如何反應？」

＊

登山至海拔一千公尺左右，馬修・泰德基利奇率領的先遣營暫停前進。

「第七排排長、第八排排長出列。」

兩名軍官從整齊劃一的隊伍中走上前。微胖青年面對兩人，直盯著站在另一頭的兩個排——士兵們都脫下軍服，改穿簡陋的白衣。換上朝聖服後，他們乍看之下已分不出是帝國兵。

「接下來的進軍由你們指揮的兩個排走在前頭。我想你們應該明白，這次的任務很嚴苛。」

馬修的開場白使兩名軍官緊張地屏息點點頭。他用雙手展開地圖。

「按照我現在要指定的路線，以全速衝上山路，動作愈快愈好。重要的是盡可能逼近逃亡教徒的隊伍尾端，可能的話與他們會合。正因為如此，我才選中了你們向來以進軍速度著稱的排來執行。」

詳細說明戰術的過程中，軍官們神情緊繃地仔細聆聽馬修的發言，以免漏掉一字一句。不由分說地將他們的身影與昔日的自己重疊在一起，青年感受到歲月的流逝。

「……儘管前來的路程有些不同尋常，至少這次並非內亂。如果之後發生交戰，對手是齊歐卡和阿爾德拉神聖軍。老實說這一點讓我鬆了口氣。我受夠和自己人互相殘殺了。」

馬修邊說邊折起地圖收進懷裡。面對明確的「敵人」，他的臉龐充滿活力。

「打倒敵軍帶回國民，我們該做的事只有這一件。所以——就讓我在相隔許久後盡到理所當然的職責，得償身為軍人的夙願吧。」

＊

「報告連長！上午新放了六百二十一名志願流亡者通過。前往後方！」

設置在教徒逃亡路線上的一處要衝。不遠的未來註定要與帝國軍交戰的齊歐卡士兵們，企圖在那天到來前盡可能接納更多的流亡者。

「嗯，辛苦了。這就叫客人絡繹不絕啊。看來帝國非常不適合人居住。」

「那也是當然。相對於已經沒有未來的帝國，我等齊歐卡是充滿未來展望的國家。又有我方至今一貫給予流亡者優厚待遇的事實在。」

由木材與土磚蓋成的堡壘某個房間內。擔任駐紮要衝的三百人非正規連指揮官的軍官點頭同意部下散發愛國精神的自豪發言。

「帝國軍的追兵樣子如何？今天流亡者團體隊伍也接近尾端，那些傢伙有加快進軍速度的跡象嗎？」

「不。看來像是偵察用先遣隊的小規模部隊，才爬上距離此處兩天路程外的位置。他們在北域方面戰役中曾吃過苦頭，大概因此不敢隨便深入山脈。正式衝突最快也將發生在三天之後。」

「嗯，三天嗎……不必擔心戰鬥波及流亡者們了。」

連長很高興卸下心頭的一項憂慮，忽然露出嚴肅的神情重新轉向部下。

「儘管反覆叨唸過很多次——千萬要善待那些流亡者，少尉。保持道義上的正確，才能將帝國逼向絕境。」

「是。就算有皇帝作為絕對的存在統治，國家一旦遭人民捨棄就完了。國家的實體總是與民眾而非統治者同在……是這樣吧。」

少尉再次確認昔日學習過的祖國理念。他的長官聽到後也滿意地點點頭——卻又轉而面露苦澀。

「沒錯，這是名正言順的一戰。如果指揮官不是那個毛頭小子，大概更令人痛快……」

長官吐露的不滿令少尉愣住了。連長毫不在乎地地續談論這不適合大聲說出來的話題。

「直到不久之前還是一介尉級軍官的小伙子，如今成了齊歐卡軍事史上最年輕的少將。利用受執政官關照的身分，傲慢地拋下排在前頭的前輩們……怎樣，你有辦法老實地向他低頭嗎？」

男子如此問道，嚴厲地瞪著部下。少尉先向周遭東張西望，然後含蓄地搖搖頭。連長滿意地頷首。

「明白就好。照料流亡者們，同時為三天後做準備。準備好熱烈地歡迎帝國軍一番。」

「是。不過有一個問題，亞爾奇涅庫斯少將下了指示，要求我們對流亡者進行徹底的身體檢查……」

少尉提心吊膽地說。不出所料，他的長官馬上皺起眉頭。

「叫我們剝掉難民們的衣服，糟蹋好不容易才贏得的好感？唉，有不清楚現場狀況的毛頭小子當長官就是這樣才叫人頭痛……剛剛的指示就當作沒聽見，對難民的待遇維持原狀。」

「是、是……了解。」

少尉無力地敬禮之後，轉身朝外面奔去。此時，與他錯身而過進門的部下帶來報告。

「連長，又有約一百人上了山！帝國軍的追兵已經接近，差不多是最後一批人了！」

「別慌張，拉巴爾伍長。一直接到最後一個人為止吧。這正是效忠正確國家的正確軍隊應有的姿態——沒錯吧？」

男子悠然地宣言。他深信不移，這份自信將會通往勝利。

*

三天後的早晨。不同於敵軍的事前預測，齊歐卡士兵們防守的山脈堡壘已近在馬修率領的一營兵力眼前。

「——全營停止行進。」

躲在構成遮蔽物的斜坡後觀察敵陣情形，微胖青年喃喃自語。

「……堵住山路的要衝嗎？有一陣子沒看見過了，從低處仰望敵軍的感覺還是一樣討厭。」

這景象很接近北域動亂的翻版。躲在要衝內的敵兵從遮蔽物的縫隙間伸出槍管，迫不及待地等著我方衝鋒。不僅如此，堡壘各處還伸出風臼砲的砲管，看來準備萬全。

「配置的兵力大約是三百人。風槍兵、燒擊兵、光照兵的比例大概是四比三比三嗎。沒準備爆砲……考慮到搬運至此得花多少勞力，也是當然。取而代之的，有八門北域動亂時留下的風臼砲。」

儘管砲擊威力遠不如爆砲，經過重力加乘發射過來的砲彈即構成很大的威脅。在以前的戰鬥中，被砲彈砸碎手腳的同伴多不勝數。

不過——基於這一切，馬修喀嚓一聲替自己的風槍上刺刀。

「全員上刺刀——沒空從一開始就多費工夫。迅速把堡壘打下來！」

部下們抱著戰意回應決心取勝的指揮官號令——戰鬥就此開始。

「「「「Sir, yes, sir！」」」」

「——真是群學不乖的傢伙。居然靠這點程度的兵力從正面強攻！」

察覺衝鋒氣息的敵軍自堡壘上瞪著對手，齊歐卡方的指揮官也展開應戰。

「迎擊部隊，開始射擊、砲擊！別讓他們靠近！——開火！」

子彈隨著號令同時發射。壓縮空氣的破裂聲層層交疊，奏起戰場音樂的序章。八發砲彈慢了一拍後並排滾下斜坡掀起霧茫茫的塵土，其中一發將樹木撞得攔腰折斷。

「儘管是防禦方也別畏縮！我等牢牢掌握了高處和要衝這兩個地形優勢！在大阿拉法特拉山脈地表堆起帝國兵的屍山吧！」

受到指揮官的號召激勵，齊歐卡士兵們繼續進行激烈的齊射。做出衝鋒動作的帝國士兵們，面對那股氣勢也立刻調頭衝回斜坡後。

在他們與不知該如何攻擊陷入沉默的敵軍之間，戰況暫時進入膠著狀態。

「——一面倒啊。那些傢伙連接近這座堡壘也做不到。」

「這是地利造成的必然。想拿這種戰鬥來誇耀武勳都無法如願啊。」

帝國軍和北域動亂時相比毫無成長的戰鬥方式，令指揮官心中感到無言——實在太沒腦筋了。

無視狀況不利發動強攻，明明只是白白浪費士兵性命而已。

「不過，這將是場與齊歐卡相襯的勝利。憑藉正確的用兵，符合正道的策略打敗敵人。就讓那個不眠的小子瞧瞧，什麼才是軍人正確的理想姿態。」

另一方面，靠正攻法擊退愚昧的敵軍也頗為滿足他作將領的自尊心——只要照這樣繼續牽制，等敵軍再次衝鋒時集中齊射打斷他們的勢頭就行了。如果對方沒有新動向，只須維持現狀。

然而——下一瞬間，如此預估的指揮官收到青天霹靂的報告。

「敵、敵襲！敵軍自後方來襲——！」

「什麼？」

指揮官大吃一驚地轉過身，目睹了那個景象——手持武器的大批敵兵從先前完全沒留意的堡壘另一側湧來。

「怎麼可能，為何堡壘後方有敵兵？我派人從高處監視著這一帶，他們無論如何也不可能繞過去——」

正感到極度困惑之際，他察覺一個事實。自出乎意料方向攻來的敵兵全部穿著和眾多教徒相同的朝聖服。

「——難道說，那群流亡者裡已經……」

理解事情原委的指揮官臉色發白。然而已經太遲了。早在戰鬥開始之前，他便犯下了致命的失策。

堡壘遭受奇襲陷入混亂的狀態，令馬修領悟進攻的良機到了。

「按照預定計畫形成夾擊了——衝鋒開始！」

他率領的營沒有錯過良機，展開總攻擊。帝國兵們手持風槍與十字弓衝上斜坡。察覺他們靠近，齊歐卡兵慌忙開始迎擊。

「別害怕還擊，一口氣攻上去！別浪費同伴製造的機會！」

馬修的吶喊激勵部下投入行動。由於友軍從背後偷襲，自堡壘傾注而下的彈雨密度隨之降低。現在不容遲疑猶豫。不立刻突破堡壘會合，先行衝鋒的同伴們將被各個擊破。

「「「「嗚喔喔喔喔喔喔喔喔喔——！！！」」」」

為了一氣呵成攻陷敵陣，士兵們團結一致地向前飛奔。數人中彈倒地之後，領頭集團終於觸及了堡壘。

「——預備隊，迎擊！別讓他們接近堡壘！」

堡壘內也正拚命進行迎戰，試圖用待命的預備兵力反抗奇襲，但穿著朝聖服的敵軍始終未減緩攻勢。

「一、一邊射擊一邊衝鋒過來了！連長，那些傢伙是老練的獵兵！」

「明明行動一致，個別的動作卻快得過火！可惡，沒法瞄準……！」

敵兵超出預期的熟練度讓齊歐卡士兵們難掩焦慮之色。這也難怪，馬修指揮的部隊已比過去的部隊進步許多。牽制射擊、確保遮蔽物、誘導至安全區域——士兵們根據角色分工，基本以一班為單位行動，同時整體持續保持合作按部就班地前進。其威脅性並不是只會將兵卒一字散開前進的過往戰列火槍兵能夠比較的。

此時，面對他們陷入苦戰的齊歐卡士兵們目光所及之處發生了更出乎意料的狀況。自堡壘背面發動攻勢的敵軍突然組成縱列衝向中央大門。

「？那、那些傢伙筆直地朝大門……！」

「射擊不管用了！靠白刃戰擋住他們。」

收到命令的士兵們一個接一個上前迎擊。但想要阻攔敵軍的勢頭，他們的行動太慢了。還來不及組成堅固的方陣，隊列就被筆直衝過來的獵兵們攪得亂七八糟。

「門開了！殺進去喔喔喔喔喔！」

門栓匡啷掉落的聲音響起。要衝屈服於來自背面的奇襲，向正面的敵軍露出它的咽喉。終於達成等待已久的會合，帝國兵集結起來一一蹂躪堡壘內部。

「嘎——！」「咕哈！」「咕呃呃呃呃呃！」

被刺刀刺穿的齊歐卡兵吐血倒地。彼此間距已近到沒有射擊發揮的餘地，當局勢演變成這種半室內白刃戰，習慣混戰的馬修部隊來勢凶猛無比。

「可、可惡喔喔喔喔喔喔！」

一名敵兵半是自暴自棄地衝鋒過來，幸運地穿過隊伍的漏洞逼近指揮官。斜眼瞥見他的身影，閃過刺來的刺刀抓住對方手臂一拉，同時一腳掃過去絆倒了他。

「呼……！」

馬修迅速跨騎在仰臥的敵兵身上，舉起刺刀扎向他的胸膛，再使勁將刀刃擰進心臟。直到敵兵徹底斷氣，馬修才終於站起身。

「您還好嗎，馬修少校！」

「沒……問題。更重要的是快點鎮壓堡壘。別讓指揮官跑了。」

以手指拭去濺上臉頰的血花，青年與部下們再度展開行動。他們一層一層鎮壓共有四層的堡壘，不久後在屋頂對上最後剩下的敵兵集團。

「——你就是指揮官吧。」

「可惡……混帳……！」

在舉起武器的部下們背後，敵將屈辱地顫抖著嘴唇。當馬修從軍服階級章看出他是指揮官時，對方卻口沫橫飛地痛罵青年。

「多麼骯髒的手段，竟然要士兵穿上朝聖服混進流亡的本國國民之中！我才不認同！這就是帝國軍的正道嗎！利用本國國民實行計策，你們沒有身為軍人的自尊嗎！」

「說廢話之前，先放下武器投降……話說，至今一再搧動誘發我國內亂的你們哪來的資格講這些。快點舉起白旗，好了。」

馬修把他的指責當成耳邊風，命令部下舉槍就齊射動作。對上槍口的軍官們臉色同時發白，其中一人慌忙從懷中掏出白旗舉起來。

「你、你們……！」

以此為信號，其他部下也陸續放下武器，最後只剩下擔任指揮官的連長本人。對方太不知情識趣，令馬修嘆了口氣。

「什麼自尊啊正確的，這些玩意明明是狀況有餘力時才講究得起的奢侈品……至少對你來說，現在不是揭示這些理想的時機。當我們的部隊拉近距離時，你應該可以為了保險起見停止放人通過堡壘。沒有這麼做，僅僅是你驕傲自大。」

「…………嗚……！」

「我只不過是發現可趁之機，毫不客氣地趁隙而入罷了——我在戰場上大都耗盡了全力，沒有餘力選擇耍帥的戰鬥方式。」

聽到這番話，敵將無力地垂下頭，右手的十字弓落在地上。馬修的部下們將這視作勝負已分的信號，立刻上前解除敵兵的武裝。看著被解除武裝並綑綁住的敵兵們，微胖青年向身旁的副官開口詢問。

「報告損害狀況。」

「是！從正面攻擊堡壘的我方部隊陣亡十二人，重傷二十一人。從堡壘背面發動奇襲的部隊陣亡七人，重傷十六人。合計陣亡十九人，重傷三十七人！輕傷人數尚在清點！」

「犧牲了十九人嗎……我沒辦法做到像那傢伙一樣啊。」

馬修腦海中閃過黑色與紅色的身影。即使如今累積了許多擔任軍官的經驗，他和他們的領域還相距甚遠。他在心中向因為自己的不成熟而喪命的部下們道歉，卻不為此所困，將意識切換到下一步該採取的行動上。

「從後續部隊補充人員，拘捕從此地到下個要衝之間剩下的教徒送往後方。然後繼續進軍——你們可別因為首戰告捷就鬆懈了。敵人是齊歐卡，下次未必會如此順利。」

＊

「——第一要衝陷落了？這麼快？」

透過光訊號的通知，噩耗不到數小時便傳至後方。由於有凡事都不拘常規的阿納萊在，至今為止司令部內顯得有些放鬆的氣氛，因為這項報告一口氣緊張起來。

「是，很遺憾……根據現場目擊的士兵表示，我方遭到從正面攻來的敵方主力與繞至堡壘背面

的部隊夾擊。」

帶來報告的軍官神情沉痛地補充道。老賢者托著下巴想像。

「在那個地形夾擊……代表士兵混進逃亡過來的教徒團體裡？原來如此，反過來利用齊歐卡對流亡者的態度啊。」

他花了幾秒鐘得出結論，佩服地反覆點點頭。不管周遭的氣氛多麼緊繃，唯獨這名科學家與緊張無緣。

「一開頭就使用如此大膽的策略，對方的將領很有膽量。相反的，你的部下太過粗心大意了，似乎也沒有執行你要求徹底對難民進行身體檢查的命令。」

阿納萊無視現場氣氛挑釁似的說道。白髮將領一臉嚴肅地接受他的意見，倏然閉上雙眼——他想像得到，是現場的將領，多半還是那名連長忽視了命令。從第一次見面時，那人就散發出這種氣息。

姑且不論長期相處的部下，剛納入指揮下的人經常對他抱持反感。這是年紀輕輕就飛黃騰達的軍官常面臨的阻礙。如何彌補這方面缺乏的信賴，是他今後必須面對的課題之一。

「……的確。正如博士所言，看來有必要打起精神應付。」

當約翰在數秒之後睜開雙眼時，白銀眼眸中已浮現對下一步行動的決心。

「我要前往第三要衝。米雅拉，妳能選出一個護衛連嗎？」

「咦？你打算離開司令部？可是約翰，不需要由你這位將級軍官親自……」

米雅拉擔心他的安全含蓄地反對。然而，他本人卻像在說不用擔心般閉起一隻眼睛。

「我無意跑到前線，現階段也不打算干涉現場決議。我想前往看得見敵軍的位置，戰爭果然不是用紙上談兵能解決的。」

說完讓她安心的話後，約翰最後悄悄地補上一句。

「——敵陣裡未必沒有熟面孔啊。」

*

「——前線的傳令送來了，哈洛瑪少校。我方部隊似乎突破了第一個要衝，俘獲敵方指揮官，拘捕了兩百餘名逃亡的國民。」

「真的嗎？」

同一個事實這次化為捷報傳至帝國軍的司令部。遙遙仰望馬修所在的方位，薩扎路夫咧嘴一笑。

「對上齊歐卡軍也毫不遜色。那傢伙這兩年來也有所成長啊。」

哈洛對這句話投以同意的笑容，並且不時偷瞄著反方向。注意到她的動作，薩扎路夫轉向她問道。

「……？怎麼了？哈洛瑪少校。在意後方嗎？」

「啊……那個，是的。其實我是在意部隊來到這裡為止攔下的人們。」

聽到這番話，他從懷中取出望遠鏡俯瞰山腳。薩扎路夫在可見範圍內搜尋，不久後哈洛擔憂的對象就映入眼簾。他抿起嘴角。

「……是啊。雖然嚴加命令過他們解散回家，還有一大群人留在山腳。明明留在那裡也沒有用。」

「就是說吧？我很擔心，教徒們的糧食可能也開始不夠了。」

女子說出完美符合哈洛瑪・貝凱爾為人的台詞。薩扎路夫沒有察覺任何不對勁，拿開望遠鏡思索起來。

「……的確，那些傢伙的心情大概是想撤退也撤退不了。留在現場的士兵嘗試過誘導他們，但看樣子並不順利……」

思路導向必然的結論。他絕對無法發現，這思路本身就受到了誘導。

「……不好意思，哈洛瑪少校。這裡就交給我，妳能不能折回教徒那邊說服他們？態度溫和的妳是適任的人選，只顧著應付敵軍結果後方有人餓死也太慘不忍睹了。」

薩扎路夫提出自認為是他自行想出的最佳解答。女子刻意停頓一會才回答，以強調這個印象——提議出自於他，她只是接受而已。

「——我明白了。野戰醫院先交給副官管理，我帶一個排前往後方。能否將現場士兵的指揮權與請求北域鎮台提供協助的權限託付給我？」

「嗯。妳等一下，我馬上簡單寫個書狀。」

好好先生長官立刻著手寫起任命狀。在背後直盯著他的動作，女子揚起嘴角嫣然一笑。

「——謝謝。」

薩扎路夫絕對想像不到，此刻自己即將把名叫權限的凶器交給最不該給予的人物。

*

要衝陷落三天後。在位於司令部東北方二十六公里，海拔三千兩百公尺處。

「——總算看得見全貌了。」

馬修·泰德基利奇少校坐在一塊特別突出的大岩石上展開地圖，俯瞰東方。更精確地說，是零星分布在視野內的敵方勢力配置。

「全、全貌……您的意思是指？」

怕高的副官不時偷瞄腳邊同時問道。微胖青年將填寫好的地圖轉向對方。

「就是這次的大逃亡中，齊歐卡及拉·賽亞·阿爾德拉民預測的教徒移動路線。我方也推測了幾種路線，從敵軍駐紮的要衝位置反推回去，主要路線幾乎是確定了。」

聽到這番話，副官神色嚴厲地瞪著地圖。馬修的目光轉回眼下的山巒。

「北上到這附近為止，接著轉向東南方。不過途中有兩處必須跨越的山脊，要衝也設在這兩個地方。翻越這裡後一口氣向下走，很快會進入山腳下的熱帶雨林。突破雨林在山間走上二十公里，

就可抵達齊歐卡的領土。」

「……路程並不輕鬆。」

「是啊。純粹只考慮教徒轉移，應該能設定更好走的路線……但那麼做不符合對我們的防備。讓大批帝國民眾逃往齊歐卡，有機會就削減焦急地追上來的帝國軍戰力——是敵方這次的戰略。我們則是明知如此還是配合。」

「不過依照這個地形，最少也必須在不利狀況下攻占要塞兩次。第一次用過的奇策多半無法再用……」

副官多次拋來不安的視線。馬修微帶苦笑地搖搖頭。

「情況大概不會那樣。」

「……咦？」

「再等待一會，敵軍應當會自行撤離前方的要衝。我們只須在那之後直接通過就行了。」

聽他提出意想不到的發展，副官愣住數秒後才反問。

「這……這是怎麼回事？敵方好不容易占了上風，怎麼會自行放棄優勢……」

「他們不得不放棄。如果不想就此在山中孤立的話。」

就像此事理所當然一般，馬修斬釘截鐵地說。副官終於也想到原因，望向東方。

「……！分遣隊正繞向敵軍後方嗎！」

「就是如此。我方也不是傻愣愣地只追在教徒背後跑。進入山脈的入口不止一個，尋找繞至敵軍背後的路線並非妙計，而是當然之舉。不必我提出來，薩扎路夫准將在初期行動階段就編組分遣隊派過去了。」

青年淡淡地說明。副官看出長官的側臉漸漸散發身經百戰的老將風采，感覺非常可靠。

「當然還是有問題。敵軍在山脈上如何布署，如何設定進軍路線——這部分的情報直到前陣子為止都很不清楚……不過隨著突破第一個要衝占領陣地，意外地得以在較早階段眺望敵軍的陣容，正確地看出繞到何處能夠切斷前線與後方的聯繫。那麼，接下來只要用光訊號和快馬聯絡分遣隊就行了。為深入山脈東側持續待命的友軍，從接獲聯絡的瞬間起，就會選擇最適當的路線繞至敵軍背後。」

「那麼，馬上傳令——」

「我已經安排好了。基於這一點，現在才過來觀察敵軍動向。」

在對話期間，馬修的目光也直盯著同一個方向，以免錯過任何細微的變化。

「現在只是預定計畫提早發生，事態發展本身也在敵方意料之中。因此在太遲之前，他們接下來應當會按部就班地從兩個要衝陸續撤兵。我預測他們將在一週之內退到熱帶雨林附近，重新設定前線……我正在思考，能不能趁著撤退時機發動攻勢。」

「抓準撤退之際攻擊嗎？」

「對。背對敵軍撤退，遠比面對敵軍進軍困難數倍。只要一個步驟出錯，追兵就會逮住機會製造破綻。更何況敵軍是倉促湊成的混合部隊——唯獨這一次，可以期待他們犯下大錯。」

*

結果不到隔天中午，馬修的預測就說中了。

「——開始報告吧。」

約翰淡淡地要求戰敗後倉皇失措地逃回司令部的第二要衝指揮官說明情況。白銀雙眸中並未浮現動搖或煩躁，只帶了一絲失望。

「他、他們抓住了我們撤退的空檔……帝國軍算準將士兵送回後方的作業尾聲，要衝人力最薄弱的時機發動奇襲。雖然我等拚命應戰，但一方面和阿爾德拉神聖軍默契不足，來不及重新召集兵力……」

「拋下大批同伴和流亡者，只有你的連勉強逃了回來——是這麼回事嗎？」

「非、非常抱歉！」

眼角泛淚的指揮官低頭謝罪。在手指抵著臉頰沉思的白髮將領身旁，不知客氣為何物的老科學家表達個人意見。

「在談論戰略之前，看來現場等級的疏漏不斷發生啊。你的部下有些太不經用了。」

「我無法反駁。雖然我自認曾再三教導過他們撤退時的風險。」

約翰坦然承認。在一旁待命的米雅拉上前一步提出意見。

「約翰。這裡交給我和哈朗負責，請你早一步動身回司令部。我們不會重蹈覆轍。我們將順利地完成防衛戰，在適當的時機撤兵。」

米雅拉自信十足地說道。那些部下無法實現不眠的輝將堅不可摧的戰略概念——對於他們的無能，她比他本人更加焦躁。正因為她比任何人都更加敬愛約翰·亞爾奇涅庫斯，才無法忍受部下的失態被視為他本人的失態。

儘管體會到米雅拉的心情，約翰委婉地搖搖頭。

「我不懷疑這句話。不過，局勢的發展已經和當初的預定偏離甚遠。事到如今與其再固執於最初的計畫，我認為徹底做修正是更好的選擇。」

他說話時臉上沒有浮現一絲焦慮或激昂。約翰打從一開始就不會擬訂發生一、兩個缺陷就全盤動搖的戰略。

「所以——從此刻起，此處第三要衝的士兵開始撤退，下山退到山間的熱帶雨林。米雅拉、哈朗，你們負責殿後。」

「咦——要撤出這裡？明明一次都還沒跟敵方交手過啊。」

「Yah。既然事已至此，就讓敵軍盡量得意忘形吧。沒受到多少損害就突破三個要衝，所向無敵——我想要他們順勢衝進熱帶雨林。」

就像狀況惡化反倒才起勁一般，約翰露出大膽無畏的笑容環顧周遭眾人。面對無法像他一樣悠然的部下們，他繼續以教誨小孩子的口氣訴說。

「不必想得太嚴重，只是換個舞台，以山腳下的森林代替三個要衝展開原本該進行的防衛戰。結果沒有任何不同。唯獨帝國軍遭受重創的結局是不變的。」

約翰說完後瞥了阿納萊一眼。接下來是重頭戲，敬請期待——他以眼神示意。

「無論如何，首先全軍撤退至熱帶雨林。一切都得從這裡開始。」

*

同一時間，哈洛以最低限度的心理誘導要來薩扎路夫的命令後下了山，見到聚集在山腳的一萬餘名教徒。

「放行！放我們過去！」「留在帝國只會餓死，逃到國外有什麼錯！」「我怎能丟下先走的妻子不管！」「我無法住在被主神捨棄的國家！」「我受夠了！不管是被戰爭驅逐，還是失去土地四處流浪……！」

教徒們的領頭集團不斷地痛罵著排成橫隊攔住去路的帝國兵。士兵們也拚命拉高嗓門催促他們回家，眼前的人群卻毫無掉頭離開的跡象。不得不說，他們固執的程度超乎想像。

「和上次見到時相比，人數幾乎沒減少……」

一邊看著教徒們的樣子，哈洛向擔任現場指揮官的男子搭話。他面帶苦澀地敬禮。

「沒達成您的期望實在慚愧，貝凱爾少校。儘管曾無法坐視膠著狀況數度鳴槍示警，但正如您所見，幾乎沒有效果……」

男子指向充斥整個視野的人牆，恨恨地皺起眉頭。

「隊伍中的神官們，似乎到現在還在煽動其他人。我考慮過先拘捕神官，但其他教徒以肉身為盾掩護他們，行動並不順利。到了這個地步，只剩等他們耗盡精神體力這一招……」

「我就是擔心這件事才折回來。是不是差不多有人挨餓了？」

「目前還沒有……教徒們將所有積蓄都堆在載貨車上搬運過來，比預想的堅持更久。至於飲水則是從那裡……留過人群中心的小河取水。儘管水質很難稱得上乾淨，但可以靠水精靈淨化。」

「也不必擔心口渴的問題嗎？雖然比飢渴交加來得好，看來會比預料中拖得更久。」

「是。等耗盡糧食的時候到來，他們大概也不得不放棄……但我擔心的是，教徒們有可能在那之前強行突破。此處的兵力約為一千人，就算對方沒有武裝，要是遭到一萬人襲擊，除了用齊射趕走他們之外別無他法。」

男子終於吐露他從擔起現場指揮以來始終懷抱的不安。忌諱向本國國民動武是軍人當然的反應。準確地察覺他的心境，有著哈洛臉孔的女子向他露出毫無陰霾的笑容。

「難為你了……放心，我已請最接近的基地調派援軍，數天後將有兩千人抵達這裡。有這麼多兵力，那些民眾應該也難以訴諸強硬手段。」

「感激不盡……！如果只是幾天，我會設法單靠我們支撐過去！」

男子露出打從心底鬆了口氣的表情。哈洛的目光從他身上轉開，改變話題。

「即使確保了糧食與水，應該還是出現了病人和傷患吧。」

「……是。由於太陽很大，陸續有人中暑倒下，主要是老人與小孩。他們大都自行照料，但其中也有人過來找我們求助。」

「那我馬上展開救護工作。收容病患的帳篷在哪裡？」

應她的要求，指揮官召來士兵。在他們帶領下抵達目標帳篷後，哈洛立刻投入醫護兵應盡的職責。

「再也不必擔心了，你馬上就會舒服多了！」

就像原本的哈洛會做的一樣，她逐一探視護理喘著氣躺在遮蔭處的人們。由於大多數人都是中暑倒下，沒有需要進行困難治療的場面。先餵病人喝水，用布包起水精靈製造的冰塊，讓症狀嚴重者夾在腋下。大約如此。

「……嗚…………」

「嗯？怎麼了？」

看見躺在帳篷一角的患者向她招手，哈洛走了過去。對方正以微弱的聲音向她說些什麼，她輕輕將耳朵湊上去。

「……俘虜收容所內的同伴開始行動了。一逃獄成功就會立刻趕來這裡。」

沒被任何人聽見地收到同伴的連絡後，女子微笑著離開對方身旁。

「不要緊，你馬上會好起來！我這就去換冰袋！」

露出彷彿只是剛聽完病患抱怨的表情，她動作流暢地繼續護理工作，腦海中同時思考著今後的謀略——此時，來自帳篷入口的呼喚聲打斷她的思緒。

「貝凱爾少校，馬上到外面來！皇帝陛下駕臨！」

*

從海拔一千公尺以下的地方開始，馬修感到空氣的氣味明顯出現變化，從乾燥的沙子味變成縈繞不散的植物氣味。

腳邊的地面漸漸帶上濕氣，植被也隨之變得強而有力。原本零星分布的草木茂盛地長滿地表，高聳到身材高大的男子得抬頭仰望的樹木也不再罕見。

「…………」

這絕非他所熟悉的環境，但也並非毫無印象。微胖青年鮮明地記得這種濕潤的植物氣味、充斥周遭的濃郁生命氣息。如同騎士團所有成員一樣。

「……別大意。從這裡開始就要當成是齊歐卡的領土。」

馬修向周遭的部下們斷然宣言。不論有沒有跨越國境，周遭的環境都讓他切實感受到這裡是異國。昔日和同伴們一起漂流到國境線另一頭——在那裡耳聞目睹的許多事物，都與眼前的情景太過相似。

「就算如此，我方也準備萬全。正如少校的判斷，我軍隨著那些傢伙撤退幾乎直接通過兩處要衝，戰力也沒有明顯的損耗。」

一名部下自信十足地打包票，馬修嚴厲地看著那名中尉。

「要我們像這樣得意忘形，或許正是敵人的意圖。」

「是嗎？可是，目前我等正連戰連勝向前進擊。」

「沒錯，連戰連勝『向前進擊』。順著敵人的計畫，完全進入深山。」

馬修的話中包含不祥的暗示，令中尉面露惱火。正對他的樂觀感到不快，微胖青年忽然察覺地面不再傾斜。

「──下到底了。從這裡開始不再是山上，進入山間森林。」

他的視線從腳邊向上移，眼前景色已從鬱鬱蒼蒼的茂密草木化為廣闊的樹海。和山北部的喀喀爾卡沙岡大森林那種旱林截然不同，這裡是具有豐饒土壤與濕氣的真正熱帶雨林。重重交疊的濃密綠意近乎黑色，樹上陰森森地纏繞在一塊的藤蔓遮蔽陽光，使森林內顯得更加陰暗。

「樹木的遮蔭比想像中更濃啊。要如何前進？少校。」

聽到中尉詢問，馬修並未立刻回答。他露出至今最嚴厲的表情，直瞪著眼前的樹海。

「……和在喀喀爾卡沙岡大森林時不一樣，這座森林裡沒有山路存在。因為過於接近齊歐卡，連席納克也不靠近這塊地區……不，實際上應該有路。否則齊歐卡的人和教徒們也無法通過。」

馬修在腦海中回憶周邊地形，漸漸特定出自己該採取的行動。

「和分遣隊的會合時間是明天中午。在那之前後續部隊也將追上來會合，如此一來我方的總兵力就接近五千人……比起瑣碎地找路，運用人數優勢進行『面』的鎮壓更妥當。讓士兵們排成有厚度的橫隊一起踏進森林，注意與周遭同伴保持聯繫合作，防備敵人的襲擊同時一點一點地前進……」

聽到他堪稱穩重踏實典範的計畫，中尉皺起眉頭。

「恕我失禮，少校，這樣不會太過懦弱嗎？我明白要謹慎行事，但這種做法太花時間了。等我軍穿越森林，教徒們和敵軍說不定早已逃得遠遠的。就算得承擔一定的風險，現在也應該以迅速突破為目標。」

其他軍官也點頭同意，彷彿在說正是如此。馬修感到一口氣堵在喉嚨。這些軍人雖然在階級上全是他的部下，實際上年齡和從軍經驗都在他之上。對於年紀輕輕當上校級軍官的馬修來說，遭到年長部下們異口同聲反駁時的壓力重得難以形容。

「……你說一定程度的風險，實際上真的明白要冒多大的風險嗎？敵軍在這片昏暗的森林裡會布置什麼戰術，我們甚至無法想像得到。」

「正因為如此，不是更應該用最快速度突破嗎？進入森林的時間愈短，危險愈少。」

「既然如此，請將先遣隊的指揮權交給我。我會走最短距離抵達森林另一頭，探查敵陣情況。」

「那麼，請務必也把這個任務指派給我的部隊！我的部下們無所畏懼！」

眼見風向倒在自己這一方，軍官們紛紛開口表明己見。馬修手指抵著眉間苦思——的確，他們的意見也有不容忽視的道理在。現在需要迅速進軍，因為時間拖得愈久，就有愈多教徒外流至齊歐

卡。

在想盡快穿越森林這一點上，馬修的想法當然也和他們一樣。為此得承擔無可避免的風險也是事實。因此他無法強硬地駁回部下們的意見。

「……我知道了。暫時先派出三個連進行偵查。就由你們三人分別指揮自己的連探索森林內部。」

看到年紀比自己小的長官撤回原本的意見，軍官們臉上浮現滿意的笑容。

「——但是！」

面對他們摻雜著負面感情的臉龐，馬修凌厲地補充。

「只要有任何一個部隊受到重創就切換成我剛才所說的做法，不管得花多少時間都一樣。唯獨這一點我不會讓步。」

他用堅定不移的聲調示意主導權在自己手上。沉默半晌之後，軍官們心不甘情不願地頷首。

「……真受不了那個膽小鬼。」

中尉一邊分開灌木叢一邊抱怨。一率領偵查隊進入森林，他就趁著長官注意不到向副官抱怨起來。

「那個受女皇陛下關照的小伙子啥也不懂。軍事的正道不是避開風險，而是承擔風險。害怕犧牲就打不下戰果。我說得沒錯吧，士官長。」

平時就對身為那種「小伙子」的部下心懷不滿的他，將馬修的謹慎解釋為膽小的反應，抓準機會大肆批評。但成了怨言宣洩對象的副官想法卻和中尉不同。猶豫一會後，他說出想法。

「……話是沒錯，不過我也能理解少校的心情。這座森林……該怎麼說，非常昏暗。不好的預感一直揮之不去。」

副官東張西望地環顧四周說道。一聽到這番話，中尉就像感到非常可悲可嘆般大大地嘆息一聲。

「怕黑怎麼當軍人！該前進了！」

中尉用憤怒的語氣說完後，拍拍部下們的背打氣。在那股氣勢催促下，士兵們一步又一步地漸漸踏入森林深處。

另一方面。有人影正從遠方的樹上俯望著他們排成一列行走的身影。

——要開火嗎？

舉著風槍的其中一人以眼神詢問身旁的同伴，得到否定的示意。

——是偵查部隊。放他們過去。

頷首同意這個判斷，人影收回搭上扳機的手指，在緊繃的寂靜中，帝國兵們毫無防備的背影自他們的視野中穿越而過。

在偵查部隊歸還前，馬修決定使點小伎倆。於是他揹著大鐵鍋，手持幾樣調理器具離開總部帳篷。

「嘿咻……」

他走到野營地角落，借用一個火堆架起鐵鍋。盡可能收集乾燥的沙子倒進鍋裡，拿木鏟適當地攪拌加熱。等整體攪勻之後，馬修將隨身水壺裡的水注入開水壺後埋進沙裡。

「該磨豆了。」

微胖青年把放在研缽裡的黑豆子磨碎，同時偶爾看看鍋子的狀況。他仔細地研磨著注意不讓顆粒大小不均，很快地，鐵鍋裡的沙子也加熱到適當溫度。看到開水壺壺嘴咻咻冒出蒸氣，磨好的豆子粉末倒進金屬製高口杯裡，提起鐵壺從上面注入熱水。

「嗚喔……」

液體轉眼間湧上來溢出杯緣，馬修將上層澄清的部分注入事先準備好的杯子裡。他反覆進行著同樣的作業，周遭漸漸瀰漫難以言喻的芳香，聞到的士兵們開始好奇地看了過來。

「——哎呀。」「這味道是……」

其中有幾名軍官——年輕的尉級軍官與低階軍官被香味吸引走了過來。不必馬修說些什麼，他們便在鐵鍋周遭坐下。

「又帶豆子過來了？少校也愛喝這個啊。」

「嗯，沒什麼大不了的。」

冷淡地回答一聲，馬修無言地示意部下們拿起盛裝液體的杯子。他們也恭敬地端起杯子，各自送到口邊。有好一陣子，現場僅僅充滿了啜飲熱飲的聲響。

「……喔喔。比上次的更好喝。」

「沒那麼苦，味道更好了。」

「沖泡技巧也變得熟練，看來您做過不少練習。」

部下們語帶調侃地發表感想。馬修從鼻子裡哼了一聲開口。

「……在森林裡可能有大麻煩。」

這一句話改變了現場的氣氛。在眾人嚴厲的注視之下，微胖青年繼續說道。

「具體而言是分割兵力。在黑暗中將我方部隊分散開來，各個擊破……無論如何都要避免這種狀況發生。你們也要做好準備。」

指揮官越過營長、連長等人直接發出警告。馬修透過喝杯飲料閒聊的形式，做出本來違規應受指責的行為。

儘管是旁門左道，對於容易招來直屬部下上尉、中尉等人反感的馬修而言，想持續保有部隊的實質控制權，這是不可或缺的基礎工作。在多名尉級軍官有違抗傾向的狀況下，不這麼做就無法將他的意向傳達給基層。

「……我們會牢記在心。」

軍人們點點頭，將熱咖啡連同總指揮官的意思一同灌了下去。

同一天傍晚，派往森林內的偵查隊違反馬修的預測毫無損傷地歸來。儘管覺得難以釋懷，青年調查起部下帶回來的情報。

「——少校！我等三個連未損失一兵一卒順利歸來！」

「……首先，報告敵陣的樣子吧。」

「是！敵軍在森林東端再往東一公里處的山丘上設置野營地，看來是要占據制高點迎擊我軍，但既沒有先前的要衝建築物，山丘本身的海拔也偏低，終究只是臨時建立的陣地。敵軍兵力約為三千人，教徒集團在部隊的另一頭……只是，似乎有相當多人已經送往齊歐卡，可見範圍內的教徒人數約為三千人。」

為了搧動長官，中尉補充這項情報。馬修也看穿了他的意圖。若在此成功奪回三千名教徒，連同先前送返的人數合計就能達標，算是阻止了「大逃亡」——對方如此暗示。

「這是我等穿越森林的路徑。森林內部地形的高低起伏比想像中更明顯，無法由西到東筆直穿越，但我們有自信一路上找出了最短路徑。大部隊要通過時，將整個部隊分成三路組成縱隊衝進森林，在速度方面就沒有問題。」

展示出畫好的地圖，中尉語速很快地愈說愈起勁。他一臉惱怒地靠近正直瞪著紙面沉思的長官。

「現在不是猶豫的時候，少校！在您考慮的期間，我等應當保衛的國民正不斷被帶往齊歐卡！現在不加快步伐，什麼時候該加快步伐！」

馬修吞了口口水。即使承擔相同的風險，時間拖得愈久結果就會愈糟。從他認同這是無庸置疑的事實那一瞬間起，就不得不點頭答應。

「……我知道了，這次採取強行突破。不過為了避免部隊在穿越森林的瞬間遭到各個擊破，全體兵力要在路線接近終點，我們還在森林裡的時候會合。」

他加上意料之外的指示，令中尉不滿地撇撇嘴。

「這麼做不但影響速度，在森林裡集合也得花一番工夫。等出了森林再會合也不遲吧。還是說您不信賴我們這些部下的熟練度？」

「事情和信賴無關。如果站在對方的角度，我會抓住敵軍探頭出森林的時機狙擊。既然想像得到這種情況，自然會忍不住安排對策避免它的發生。就算代價是慢一小時出森林也一樣。」

馬修目光炯炯有神地回瞪著對方。彼此互瞪數秒鐘後，他依舊目不轉睛地下令。

「叫士兵們做準備——明天下午三點行動。」

時間從馬修等人在山脈奮戰時往前回溯一點。

「……嘖！」

咂嘴聲響起——就算是葛雷奇，說不焦慮也是騙人的。

自從在尼蒙古港海面的海戰落敗，大半支艦隊淪為帝國軍俘虜以來過了兩年。他一邊服勞役，一邊期待透過外交交涉回國，已經度過那麼長的時光。海潮的氣味早已從他身上消失，每天拙劣地模仿著樵夫幹活的雙手，磨出了屬於勞工而非戰士的老繭。

他或許有過更輕鬆的選擇。身為校級軍官的他有權要求相應的俘虜待遇，也能夠像司令官艾露露法伊那樣過著和勞役無緣的隔離生活。選擇那一邊，這兩年大概會過得非常輕鬆。

葛雷奇之所以放棄安逸選擇每天揮汗的日子，正是為了維持部下的士氣與熟練度。要使脫離正規指揮系統的士兵們變遲鈍，兩年這段時間綽綽有餘。為了不讓大家喪失自己是齊歐卡海軍第四艦隊一份子的自覺，葛雷奇在異國的邊境仍然有必要扮演他們的長官。

「只是空等未必回得了國……啊。」

經過這麼長的時間，就是傻瓜也明白換囚交涉遲遲沒有進展。帝國方面對歸還第四艦隊的成員——特別是艾露露法伊這名軍官要價很高，看出她是無可取代的人才。只要齊歐卡拿不出相襯的交換條件，帝國大概打算無論多少年都將他們圈養在這片邊境。

「我可不會——讓你們得逞！」

在考慮到這一切之上，葛雷奇已然下定決心。他無法忍受敬愛的「白翼太母」與親手栽培的部下們再繼續被俘下去。就算得承擔很大的風險，也只能嘗試自行逃亡。

他也向艾露露法伊表明了這個想法。她依然在等待齊歐卡的連絡，但也不反對葛雷奇的決定。只要得到成功可能性夠高的辦法和機會，她對實行逃亡並無猶豫。

沒錯——辦法和機會。是葛雷奇必須找出來的關鍵。

當然，囚禁他們的環境沒什麼可趁之機。所有俘虜都被解除武裝，必須一一申請才能與搭檔精靈會面，為了預防叛亂，甚至不允許俘虜聚會。收容所內常駐一個營負責監視，此刻他們也在努力服勞役的俘虜們背後施加壓力——時時刻刻都有人盯著你們，別動歪腦筋。

在這種環境下構思計畫，必須首要確保的是與部下溝通的方法。不過關於這一點，他已取得一定的成果。幸好方法要多少有多少——葛雷奇很擅長這類小花招。等計畫決定後一聲令下，就能夠使關在收容所裡的兩千多名同伴有一大半幾乎在同時暴動。

「問題在於，這麼做也沒有未來……」

葛雷奇的獨白摻雜著嘆息。第一道關卡是監視收容所的全副武裝營。光是要在全體同伴手無寸鐵的狀況下應付這批兵力就困難至極，更加困難的是解決他們之後——即鎮壓或逃出收容所以後的事情。他該怎麼餵飽被拋在異國邊境的兩千名同伴？目前葛雷奇等人之所以每天不缺糧食，可是因

為有帝國軍定期送來補給。

縱使向東前進企圖跨越國境，沒有足夠的儲糧也將半途餓死。若碰上可以劫掠的村落自然是好極了，但無法保證他們運氣有這麼好。畢竟葛雷奇他們甚至連自己的所在地都不清楚。想在人口密度大概極低的邊境開墾地亂走亂撞地找到村落，實在太過冒險。

「如果鎮壓了此地的部隊，起碼弄得到一張地圖吧……」

就算如此，地圖上也未必有著希望。這兩年來，俘虜收容所的訪客總是來自西邊——與他們美麗的母國相反的方向，沒有一次例外。這暗示了此地以東可能有很長一段距離沒有村落存在。

乾脆豁出去往補給馬車前來的西邊前進如何？……連想都不必想，前方必定有帝國軍的軍事設施，一旦被巡哨士兵發現就再也無計可施。即使路上取得一些糧食，被追擊部隊抓到後一切就完了。如今的他們不可能有體力一邊和追兵搏鬥，一邊逃到長距離之外。

不管怎麼落子，都將幾手之後陷入死局。結果只是再次確認這個結論，葛雷奇煩躁地揮斧砍向樹幹。

來回兜圈子的思緒——忽然插入尖銳的鳥叫聲。

「——唔。」

森林內響起鳥叫聲並不稀奇。但鳥叫聲若是「像用時鐘測量過般以固定頻率執拗地一再重複」，那就另當別論了。看出那是人工製造的聲音，葛雷奇一邊留意著背後的目光一邊走向鳥叫聲傳來的方向。

「……喔。」

附近不見人影，鳥叫聲也在不知不覺間停了。不過有張對折兩次的紙片貼在一棵樹的顯眼位置。葛雷奇迅速剝下紙片，立刻確認內容。

「有夠慢的，真受不了。」

他笑得嘴角咧到耳根，同時當場蹲下來謹慎地挖掘樹幹旁的泥土，指尖在不算深的位置碰到堅硬的觸感。他毫不猶豫地抓起那物體。

那是個裝滿某種黏稠液體的小玻璃瓶。

「——嘿！真夠狠的。」

經過兩年的雌伏——眼前開出了一條突破僵局的血路。

相對於收容所內的兩千餘名俘虜，負責監視的常駐兵力為一個營六百人。要問是多還是少，這個數字的確很多。以收容所的規模來說，這個數字一半到三分之一的人員來運作就算是妥當的。

不過以地理條件來看，這是必然。帝國在歷史上經常將這類設施設在北域。理由之一是北域未開墾土地較多，少不了服勞役所須的肉體勞動工作。再加上荒涼的環境能夠讓俘虜們喪失逃亡的意志。

收容所本身的構造也毫無漏洞，五公尺高的石牆完全包圍住俘虜們的居住區。內部也用石牆和

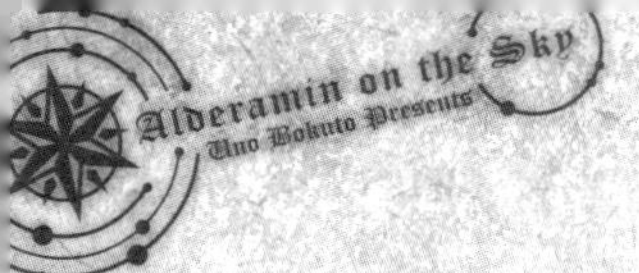

木柵欄詳細劃分，在物理上被分離開來的同組織人員很難合作行動。在這種環境下，葛雷奇不得不花費超過一年的時間來構築同伴之間的連絡系統。

包圍居住區的石牆構成正三角形，三邊分別有相對應的監視所。從白天到深夜，駐守在崗位上的帝國兵不斷監視著俘虜們，就算只是幾個人想逃跑都不容易。首先，收容所在基本設計上就足以鎮壓兩千名俘虜同時暴動。可悲的逃犯一衝出居住區就會一一淪為槍下亡魂，即使運氣好穿越火線也逃脫不了數天後曝屍荒野的命運。

哪怕這些安排全部落空的狀況發生——到時候友軍將在數小時後從西方四十公里外的基地趕來。多達兩千這麼一大批人想在本就視野開闊的荒野上逃過追蹤，近乎不可能。不管事態怎麼變化都沒有未來可言，是大家對逃離收容所一事的共通見解。

「時間到了。辛苦了。」

「嗯，換班嗎？那我去睡一會。」

監視的士兵與同伴換班，忍下一個呵欠走向寢室。他們了解收容所本身有多堅固，反過來說也因此多少有些疏忽大意，不過並未鬆懈到有隙可趁的程度。中央頻繁派來的執勤狀況監察員與其背後聽取報告的女皇，促使士兵們持續保持緊張感。這兩年來，他們強烈地認識到怠忽職守的軍人會遭受什麼處分。任何人都不希望自己人頭落地。

「高興吧。辦法送來了。」

置身在對俘虜們來說很嚴苛的狀況中，葛雷奇做完一天份的勞役返回宿舍，向同伴們大膽地拋出話題。在位於監視士兵死角的廁所暗處，他找過來的八名士兵屏住呼吸。

「有辦法逃出這裡了？……可是，究竟要怎麼做？」

聽到問題，葛雷奇緩緩從懷中取出一個小瓶子給他們看。玻璃內的物體似乎是黏稠度很高的液體，搖晃瓶子也不會搖動。

「用這玩意。」

「那是……？」

「毒藥……不，病原體。」

長官說出口的危險詞彙令士兵們緊張起來。相貌令人生畏的海兵隊長繼續道。

「這是『亡靈部隊』的特製品。只要喝下一小匙，至少會嚴重起疹和發燒三天。你們可別誤以為是酒喝下肚啊。」

葛雷奇咧嘴一笑。儘管擺出一副熟知藥效的態度，他當然也沒有處理過手中之物的經驗。從他還是扮出自信滿滿的態度，可以看出此人兼具謹慎與膽量。

「讓監視的帝國兵喝下這個，製造機會逃出去……是這樣行動嗎？」

「如果辦得到，從一開始就不必這麼辛苦了。」

葛雷奇從鼻子裡哼了一聲。被監禁的他們不可能向監視的士兵們下毒，因為俘虜和監視員的生

活是完全分開的。

「那麼，到底要怎麼做？」

露出更加凶惡的笑容，葛雷奇向一個個面露困惑的部下們宣言。

「是你們要喝。」

空氣一下子凍結了。但經過數秒鐘的沉默後，幾個腦筋靈活的人漸漸理解這句話的意圖。

「……嚴重起疹和發燒……原來如此……」

「出現這種症狀，他們會先懷疑是傳染病……為了防止疾病蔓延，不能將患者和其他俘虜關在一起。」

葛雷奇面對騷動的部下們進一步往下說。

「當然，這座收容所內也有隔離病人的地方，首先應該會被送進醫務室。不過……如果醫務室收容不下了怎麼辦？如果患者日漸增加，光是隔離在收容所來不及應付的話……？」

「……多半會趁著整個收容所被污染前，將患者運送到外面。」

聽到部下說出的結論，葛雷奇含蓄地點個頭。

「這是一方面，但還不只如此……我還不能說明一切，但要做好覺悟。這個作戰計畫遠比你們笨拙的腦袋所想像的更惡質得多。」

他的聲調透出難以掩飾的厭惡與畏懼。長官十分罕見的反應，使部下們產生同樣的疑問。給他們這瓶毒藥和計畫的人究竟是誰？儘管事情關係到亡靈部隊，連問出口都令人害怕……

「……這種毒藥，不，病原體，按照手邊的份量足夠分給多少人？總不能讓兩千人全部病倒。」

「我手邊有五瓶。一瓶算二十人份，遵守用量就是一百人份，已經綽綽有餘。不必所有人都真的病倒，至於其他人……懂吧？施展你們的拿手絕活。」

察覺長官的言外之意，士兵們同時浮現苦笑。

「裝病嗎……不過，被說成拿手絕活還真遺憾。」

「就是說啊。畢竟這一招絕不能用在某位隊長身上，太可怕囉。」

士兵們開玩笑地回答。葛雷奇一派當然地哼了一聲。

「總之，只要大概有一百人發燒昏倒，其他又出現許多人表明身體不適，他們也不得不懷疑傳染病可能即將大肆流行。這麼一來，那些監視者將被迫處理和平常不同的工作……大略來說，其中會生出可趁之機。」

士兵們連連點頭。因長期俘虜生活而憔悴的臉龐上，漸漸恢復和「白翼太母」一起縱橫大海時的光輝。

「幽靈部隊並非把計策交給我們就撒手不管，似乎在外面也替我們行了很多方便。實在值得慶幸——從今晚開始著手。先湊出一百個願意為了太母大人賭命一搏的傢伙吧……喝下這玩意生的病將在一個月後康復，但確實得讓來歷不明的東西侵入體內。」

「很明顯需要抽籤啊。好了，我抽不抽得中呢？」

「你們這些軍官、士官當然是和我一起拿下下籤。你們可沒空病歪歪地躺著，比起拚命更要動腦思考。聽懂沒！」

「「「「「是！」」」」」

用一絲不紊的敬禮接下擔當的任務，他們開始為逃亡展開行動。

第一名患者搬送到醫務室時，時刻已是晚間七點，當值的軍醫正在房間一角囫圇吃著比其他人遲來的晚餐。由於開墾地的勞役——特別是樹木的採伐作業經常有人受傷，常態性地壓迫到為數不多的醫生的工作時間。

「嗯啊！——這回是病患？你說他發燒昏倒？」

迅速將剩下的食物塞進嘴裡，醫生一邊咀嚼一邊走到被搬運進來的人身旁。乍看之下，患者是名二十出頭的男性士兵。他身體各處都長著疹子，呼吸紊亂地喘著氣，胸口隨著每次呼吸劇烈起伏。

軍醫姑且先伸手貼上他的額頭——立刻被超出預期的熱度嚇得瞪大雙眼。

「這高燒是怎麼回事……？」

這樣的高燒，就算對照他過去的經驗也沒有前例。原本放鬆的心情一瞬間消失無蹤，醫生一臉嚴肅地向患者開口。

「喂！聽得見吧！你有辦法回答問題嗎？」

「……嗚……啊……」

「不必出聲！是就點頭，不是就搖頭！我要問了！」

軍醫半強迫地開始問診。最近有沒有受過傷？有沒有吃過奇怪的食物？有沒有病歷及宿疾——對於這些問題，患者無力地一一搖頭。儘管其中摻雜幾個謊言，至少他痛苦的表情並非演出來的。發燒得意識朦朧、全身肌肉僵硬、喉嚨如燒灼般疼痛——男子的確正拚命忍受著這些有生以來第一次經歷的症狀。

「……這是怎麼回事……？」

即使問診結束，軍醫也無法從獲得的情報推導出答案，呆立在原地不動。這和他所知道的任何疾病都不一樣，症狀卻又可歸納為激烈兩字。不僅全身起疹，更顯著的是心跳加速，甚至連眼球的毛細管都受到影響。

「軍醫！又有人倒下了！」

「——？」

還沒掌握眼前的狀況，下一名患者就被送了過來。他是和第一名患者生活在不同區域的俘虜，呈現的症狀卻如出一轍。軍醫來回觀看兩名倒臥著奄奄一息的病患，苦澀地咂嘴。

「今晚是怎麼搞的……！總之先弄些冰塊！持續發這樣的高燒身體會支撐不住！」

既然不清楚根本原因，現在只能始終專注於實施對症療法。軍醫和搭檔水精靈四目交會。

「又有五人倒下！正要搬運過來！」

收到報告的瞬間，他隨著一股寒意透過超越理論的直覺領悟到——這一切只不過是個開端。

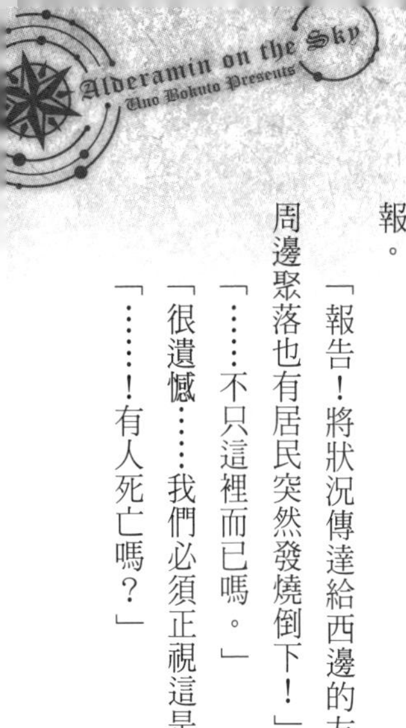

直至天亮前共有超過三十名患者被送進醫務室，表明和他們出現相同身體不適症狀的人數更多達數倍。面對任誰來看都一目了然的異常狀況，管理收容所的帝國兵們想要立刻解決問題，卻連解析狀況都還沒做到。

「所以說——應該是食物中毒吧？這麼多人同時倒下，無法想像是其他理由。」

「俘虜的伙食已追溯檢查至三天前，但找不到能夠斷言是原因的成分。可疑的東西已經焚化，患者在那之後卻還持續增加。」

「是起因沒有斷絕？或者……疾病可能是經由人傳人傳染。」

「你說這是未知的傳染病？怎麼可能，傳染病為何會在這種地方爆發……！」

監視站的某個房間內，接獲報告的軍官們傷透腦筋。在商議期間，另一名部下又敲門帶來新情報。

「報告！將狀況傳達給西邊的友軍基地後，得到基地也有士兵表明出現相同症狀的答覆！據說周邊聚落也有居民突然發燒倒下！」

「……不只這裡而已嗎。」

「很遺憾……我們必須正視這是場傳染病的高度可能性。」

「……！有人死亡嗎？」

「雖然是未經確認的情報，據說有一部分病患喪命了。」

「那相反的，有已經痊癒的病患嗎？有沒有這種藥品發揮藥效的報告？」

「根據不確定的情報，有幾個人——首先，這種疾病最大的特徵是突然發燒與起疹子三到五天，聽說度過這段期間後，患者會反過來表達覺得很冷。此時若不讓病患蓋上毛毯保暖、飲用摻了具保溫效果香料的湯藥，症狀將越發惡化。」

「保暖嗎……儘管基本，也許是唯一有效的治療方法。既然查不出疾病的真相，這邊也應該沿用這種方法。把毛毯發給俘虜們。」

「這……數量不夠。」

「什麼？」

「毛毯的數量完全不足以發給所有病患。這一帶的氣候溫暖到就寢時不需要蓋被子，收容所內儲藏的毛毯並不多。連現階段都不夠用，考慮到往後增加更多病患的可能性……」

「不補充庫存就無計可施？」

「是的，而且要盡快。否則在最糟的情況下，可能有人撐過發燒後因為無法保暖而死亡。」

「……好吧。我提撥經費，到附近村落把所有毛毯都收集過來！」

說歸這麼說，地區的氣候註定毛毯在這裡是用不到的東西，就算走遠一點去村落尋找，這項條

件也不可能改變。負責採購的部隊成員很快地面對了現實。

「……毛毯？不，咱們店裡沒賣。」

「厚實的布料倒是有……更禦寒的衣物，這一帶很少看過有人販賣。我看還是放棄比較好吧？」

「村子裡出了病人，我們才想要毛毯呢！連軍方都這副慘狀，我們該如何是好！可惡！」

他們去了三、四個人口較多的村落，答覆全都是這樣。一籌莫展的士兵們只能不知所措地呆站著不動，然而，有人並未錯過他們的困境。

「阿兵哥……看各位似乎很困擾的樣子，有什麼需要嗎？」

一名旅行商人搓著手走過來，士兵們不抱太大期望地說明狀況。但他聽完後笑容滿面地一拍手掌，快步從自己的馬車上拿回一樣商品。

「既然是這麼回事，這個你們看看合不合用？這是戶外用的襯墊用毛毯。這一帶有許多凹凸不平的裸岩區，露宿時需要鋪上襯墊當作緩衝物。這種毛毯編織得相對比較柔軟，應該能用來蓋在身上。」

「真的嗎？我瞧瞧……喔喔，看來的確派得上用場。老闆，多少錢？」

「這個嘛……本來價格頗為昂貴，不過既然是跟帝國軍作生意，我就先收起賺一票的念頭……大概這個價錢如何？」

「……唔，雖然不便宜，也沒露骨地敲竹槓。好吧，我們全包了。把所有存貨都拿過來。」

「謝謝惠顧。既然藉這次的機會結緣，下次也請多多關照。」

旅行商人仰起嘴角低頭道謝。帝國兵們無法看穿隱藏在他笑容之後的真正意圖。

出外採購的部隊送回來的毛毯，立刻分發給撐過發燒階段正覺得渾身發寒的病患們。但此時發高燒倒下的人數已接近百人，表明身體不適者更超過五百人，收容所人員漸漸應付不來照顧病人的需要。

「喂，毛毯送來了！我馬上給你們蓋著！」

「嗚、嗚嗚……」

俘虜看護病倒的俘虜。因為人手不足，明知有擴大感染的風險，收容所方面不得不允許這種事發生。由於和不想感染來路不明疾病的帝國兵利害關係一致，俘虜們在收容所內的自由一點一點地增加。

「……喂……這個……」

蓋著毛毯的病患轉動身體，壓低音量向看護的同伴小聲說道。他從毛毯下悄悄遞出裝在皮製收納箱裡的小刀和鐵槌等金屬工具。是在外面的同伴幫忙，事先將工具藏在毛毯裡。

同伴微微點個頭接過工具，注意不讓軍醫發現地收進懷裡──收容所內的病患增加，代表照料病人所需的必要物資也隨之增加。特別是乍看之下無害又具緊急性的物品運送進收容所時，檢查難免變得寬鬆。這讓他們趁機弄到了逃亡時需要的裝備。

「趁現在恢復點精神……準備正逐步進展中，離行動的日子大概不遠了。」

「……嗯……」

儘管受到惡寒與腹痛的折磨，病患仍點頭回應。應該正遭受未知病魔折磨的俘虜們——帝國兵至今尚未發現，他們眼中強而有力的意志光芒。

「切斷補給」是戰爭的基本戰略，但當戰鬥本身不能公開進行時，則要將這項戰略做些改編。也就是在補給上「動手腳」，而非「切斷」補及。目前北域齊歐卡特務們就在做這件事。

不用說也知道，想對有大批軍人常駐的收容所直接動手很困難。不過，隔著緩衝視點就有所不同。帝國兵也是人類，他們需要飲食，也需要從衣服算起的各種生活必需品。追溯這些物資的供應商，很快就會連接到平民。如果是建立在幹道旁的主要基地，有可能從物資的生產到消費都由軍方集體管理，但設於北域邊境的俘虜收容所不包含在內。

軍方非戰鬥人員與平民，哪一種在特務活動時更好對付沒有討論的必要。因此特務們從平日起便針對以軍方為顧客的平民建立門路，以便在需要的時候透過這些管道對流入軍方設施的物資動手腳。運用這種作法，要在帝國兵的晚餐裡下毒也並非無法實現。

不過，此時利用的各種門路常常成了消耗品。正因為具備「交給他們就沒問題」的信賴感，私人承包商才得以成為軍方的承辦商人，只要發生過一次令人產生不信任感的狀況，就再也無法回到以前的關係。考慮到和承包商搭上線花費的時間及成本，齊歐卡的特務們也無法輕易消耗掉和他們的關係。當這些商人失去和軍方的聯繫時，特務們也會喪失了干涉軍方的手段。

但唯獨這一次的目的是奪回艾露露法伊這名重要人物，齊歐卡做好了付出幾個寶貴門路為代價的準備。正因為如此，獲得的成果也不只是將藏著工具的毛毯送到被俘的同伴手上而已。

神祕疾病出現的四天後，帝國兵們最恐懼的狀況發生了。不是牆的那一頭，而是這一頭——監視俘虜的士兵之間出現了第一位患者。

「……終於來了嗎。」

收到報告的指揮官苦澀地沉下臉色，沉重地說出這句話——當傳染病的可能性愈來愈高時，他們便預料到這種情況，但能採取的對策並不多。他已要求部下們極力避免與俘虜接觸，並實行了在能夠兼顧職務的範圍內所有的防疫手段。然而，患者還是出現了。

「吃的食物檢查過了嗎？」

「……是。這次果然還是沒找出明確的原因。」

部下難以啟齒地補充道。這個答覆辜負了還抱著一絲希望，認為有可能是食物中毒的指揮官最後的期待。既然連生活環境不同的監視方都出現患者，傳染病就不再是懷疑，只能視為答案。

「……空出一座倉庫。在疾病蔓延之前，必須有地方隔離生病的士兵。」

「是，馬上照辦……不過，要怎麼通知士兵們？」

「……現在什麼也別說。我不想害他們動搖。」

指揮官思索過後開口。從他的角度來看，這是合理的判斷。聽說同一棟建築物裡正流行傳染性的絕症，有辦法保持冷靜的士兵們大概不多。

「話雖如此，有同伴倒下的事實已經傳開了……」

指揮官想像著謠言傳播的情況，困擾不已。他只能祈禱謠言在傳遞中不要加油添醋——在這種狀況下，士兵們一定會拿俘虜們比照自己。這個期待太過空虛。

又經過數天之後，設施內的葛雷奇等人也清楚察覺氣氛的轉變。監視的士兵們露骨地與俘虜保持距離，巡邏的頻率也顯而易見地下降。

感覺到事情正按照事前通知過他們的計畫發展，相貌凶惡的海兵隊長感到既佩服又畏懼。

「哼……那些監視的傢伙完全以為這是種危險的傳染病。」

「是。據我推測，他們那邊大概也出現了患者。認為疾病是我們傳染過去的很自然，出現那樣的反應也無可奈何。」

在蓋著毛毯臥床休息的部下之間，葛雷奇小聲地與同伴交談。得到照顧患者的名義後，他們交談時也漸漸不必再避開監視者，畢竟對方不願意接近這裡。

「驅逐人的效果好極了。原來來歷不明的疾病令人如此害怕嗎？」

葛雷奇本人當然知道，折磨部下們的病並非致命疾病。指示今後行動的紙張上寫到，這種病儘管症狀顯著，半個月後即可完全康復。正因如此，他待在這個充滿病人的房間裡也若無其事。

從結論來說，這種病不可能由人傳染給人，罹患對象也僅限於喝下毒藥的人，視為食物中毒才是正確的認知——不過，這個作戰計畫的巧妙之處，在於讓人誤以為不會造成多大傷害的食物中毒是傳染性的絕症。

不同於藥物一送達會主動服用的俘虜們，要對負責監視的帝國兵下毒並不容易。他們食用的食材不僅補給路線與俘虜完全分開，在供餐前大都會烤過或燉過，難以期待毒藥送到士兵們口中時還保有藥效。

但特務們不會就此放棄。他們經由別的管道向帝國兵下毒，那就是透過「餐具」。在盤子與容器、湯匙等餐具上浸泡給葛雷奇等人的那一種毒液後，將看得見的部分擦拭乾淨，混進送到收容所的補給物資內。輸入餐具時的檢查不僅比糧食來得寬鬆，又是平常就會打破的消耗品，容易偷渡進收容所。接下來只需等待倒楣的人用了這些餐具得病。

當然，這麼做的成功率比直接服用毒藥來得低。但這次只要出現一個患者，計畫就算成功。活動的目的並非用毒藥使監視的帝國兵無力化，而是讓他們誤以為折磨患者的症狀是傳染病。光是產生誤解，就會大幅削弱俘虜收容所的管理機制。既然管理收容所的同樣是人類，誰也不希望被傳染到未知的疾病。這麼一來，帝國兵就不得不與俘虜保持距離，這同時代表監視會鬆懈下來。

「如此一來——時機快到了。」

由於帝國兵心懷恐懼，如今俘虜收容所等於籠罩上一層黑色布幕。在黑布之內，俘虜們虎視眈眈地打磨著的逆襲利牙即將完成。

「俘虜之間發生鬥毆」——收容所內的監視者正好在午餐時通報，帝國兵們憂鬱萬分地前往鎮壓。用餐時間這生活中寥寥可數的樂趣被打斷，還得踏進危險傳染病瀰漫的收容所內讓殺氣騰騰的俘虜冷靜下來。再也沒有比這個更令人沮喪的差事了。

「可惡……都是那些傢伙多弄出麻煩來。」「乖乖躺著不就行了。」

兩個排共八十人的士兵一邊喃喃抱怨，一邊手持上刺刀的風槍踏進收容所。俘虜之間起爭執並不稀奇，但這次是大規模的衝突。據說一個約有兩百人居住區域被捲入騷動中，為了平息紛爭，需要大批人力是理所當然的。

「讓開讓開！讓路！」「混帳東西！吵什麼吵！」

士兵們穿越石牆，趕開看熱鬧的俘虜們匆匆趕往現場，目睹大批俘虜不分宿舍內外四處激烈混戰的景象。也許是在用餐途中發生衝突，食物與餐具散落一地。

看出這並非能靠言語溝通的情況，排長下令要帝國兵們迅速往頭頂鳴槍示警。凡是士兵都很熟悉的槍響，嚇得大鬧的俘虜們動作一頓。

「停止胡鬧，在宿舍前整隊！馬上照做！」

「動作快！誰敢拖延的，挨槍子兒也別抱怨！」

帝國兵們將槍口對準俘虜，一邊威脅一邊前進。沒有人試圖反抗來勢洶洶的帝國兵，原本正猛烈互毆的俘虜們轉眼間安分下來。在毫不大意地環顧他們後，眾帝國兵心中也鬆了口氣，以為能夠比預期中更簡單地平息騷動。

「誰來說明狀況！知道衝突爆發經過的人上前！」

俘虜們互相以眼神示意了一會，直到帝國兵指揮官再度大喊，站在隊伍前方的一個人戰戰兢兢地走上前——根據他的說明，起因是用餐時的一點小麻煩。將午餐的湯分盛進碗裡時，好像有個人露骨地對一名配膳人員咂嘴咒罵「你可別摸到我吃的東西」。由於勺湯的人也負責照顧患者，聽到這句話就激動地一把揪住對方。兩個人扭打起來把周遭的人也拖下水，衝突分成兩邊勢力愈演愈烈，就這麼稀里糊塗地發展成混戰……類似的摩擦至今也發生過好幾次，這次的事件成為一個契機，導致本區俘虜懷抱的怨氣一口氣爆發出來。

「……唔……」

儘管聽完說明，既然原因出在神祕的傳染病上，帝國兵們不可能徹底地解決。頂多只能痛毆幾個人以儆效尤，聲明用減少伙食及關禁閉作為處罰，宣布以後再掀起類似騷動將予以嚴懲。

處理完畢之後，全體部隊像是難以忍受這個環境般掉頭。排成兩列縱隊的士兵們往出口走去，整個隊伍來到劃分相鄰區域的三公尺高木柵欄處。聽到騷動聲過來看熱鬧的俘虜們在柵欄另一頭擠得密密麻麻——

「動手。」

異變在此刻發生。只見隔開士兵和俘虜的木柵欄同時倒下，自頭頂壓向兩個排共八十名士兵。狀況來得太過突然，帝國士兵們在木柵欄下像被網住的魚一樣竄來竄去——遭到俘虜毫不猶豫的追擊。

「「「「喝啊啊啊啊啊啊！」」」」

有人持木棍毆打試圖爬出柵欄底下的士兵們，有人跳上柵欄用體重壓制對手。戰術的重點是不給帝國兵使用風槍的機會。遭遇近距離的奇襲，錯愕的士兵們來不及做出多少反抗就一個接一個喪失戰力。

「怎、怎麼搞的？到底發生什麼……嗚呃！」

「咱們上當了！那些俘虜在柵欄上動了手腳！」

「怎麼可能！那可是用橡樹木材做成的柵欄啊？每根柱子直徑都有二十公分厚！手無寸鐵的俘虜怎麼可能動得了手腳——咕啊啊！」

為了防止俘虜破壞收容所逃亡，他們甚至不給俘虜用金屬製的餐具，每次服勞役時外借的斧頭等工具在數量上也做了嚴格的管理。對於如此徹底執行不讓俘虜拿到武器的帝國兵來說，現在的狀況正可說是青天霹靂，就像被囚禁的猛獸撞破獸欄撲上來一樣。

「「「「嗚喔喔喔喔喔！」」」」

奇襲加上人數優勢，再防止對手用風槍反擊，讓戰鬥從開始到結束都呈現一面倒。不到十分鐘，八十名帝國兵全數繳械，他們的武裝與精靈全落入俘虜們手中。

「你們暫且算是幹得不錯。」

認同初步行動獲得符合計畫的成果，葛雷奇咧嘴一笑站在部下們面前。從相隔兩年的戰鬥漸漸找回身為士兵的自覺，他們也面向相貌凶惡的長官。

「先向那些傢伙借身上的衣服。啊，脫下來之後別把人光著身子丟著不管，他們可是重要人質。」

「「「遵命！」」」

齊歐卡士兵們精神奕奕地回答。不再是囚虜的他們將失去武裝的帝國兵一一拉進宿舍，搶走所有人的軍服並交給一部分人換上，相對的讓帝國兵們套上俘虜用的簡樸服裝。

「好了——還有兩回合。」

葛雷奇喃喃低語，轉頭望向東北與西北兩個方向。

收容所內分布著監視俘虜動向的瞭望台，依照固定程序，發生異狀時將從高台上傳遞光訊號直接通知監視站。當然，目前正是應當傳訊的時候，但是——

「嘖……你們這些傢伙……！」

實際上，所有瞭望台都在作戰開始執行之際遭到鎮壓。隨著警備因傳染病的影響有所疏漏，又成功使用從外面偷渡進來的工具破壞柵欄，在夜間派人潛入瞭望台並不困難。被打個措手不及的帝國兵們還來不及傳送光訊號，就已被解除武裝。

緊接著，齊歐卡士兵們利用敵兵的光精靈向監視站傳送假訊號。若不聽話照辦，就殺了你們的主人——只要這麼宣言，所有精靈都不得不屈服在威脅之下。

另外，他們被迫傳送的訊息如下。

「狀況靠現有的人手難以因應，火速加派兩個排到收容所內支援。」

這條訊息分別傳送到東北及西北方角的監視站。兩個監視站的軍官應要求立刻各派出兩個排八十人，合計一百六十名帝國兵前往收容所內——所有人都遭到齊歐卡兵埋伏，和最早被鎮壓的八十人吃到一樣的苦頭。如此算是三個回合。

「怎麼搞的！情況到底怎麼樣了！」

派出的同伴始終沒有回來，帝國軍的指揮官到了這個地步終於篤定發生了異常狀況。他察覺從瞭望台傳來的訊號有假，一想到俘虜造反占據收容所的事實，不得已只得立刻派傳令兵前往西方的基地。因為陷入這種狀況時，這是最優先的對應方式。

另一方面，此刻齊歐卡士兵們在相隔許久之後，再度和被隔離在收容所某個區域的搭檔精靈自由地重逢。俘虜和精靈的會面權受到戰時條約的保障，但為防他們利用精靈逃亡，平常無法一起生活。

「拉克……讓你久等了。」「我們走，西姆。一起回國吧。」

士兵們各自表明心聲迎接搭檔。當中有許多人從懂事起就締結了契約，對他們而言，沒有精靈的生活便像是少了一個兄弟姊妹或是器官。他們沉浸在應有的存在回到應有位置上的感慨裡，一時之間忘了狀況。

「——隊長，西北監視站派出了快馬！應是去通知敵方友軍的傳令兵！」

側眼看著他們，一名自瞭望台上探查外面情形的士兵報告。「我想也是。」葛雷奇並未露出焦慮之色，僅僅點頭回應。

「沒關係嗎？如果敵方增援抵達，我方會陷入困境。」

「因為從這個位置沒辦法在初期行動就占領馬廄。放心吧，這方面在外頭的傢伙會幫忙補上。」

「外頭的……潛伏在帝國的特務？就算是他們，又該如何攔下策馬狂奔的騎兵？」

葛雷奇聽到部下的問題後嘆口氣，以拳頭戳戳他的頭。

「動動你的腦子。要從此處經最短距離前往西邊基地，傳令兵通過的路線早就特定出來了。多半是在路上埋伏解決吧。」

說歸這麼說，關於特務們暗中活動的細節葛雷奇也只能用想像揣測。對方說會包辦的部分，只能什麼也不多想地交給他們處理——這就是他們現在的處境。

「忘了傳令兵吧。兩個排八十人乘以三是兩百四十人，連同收容所內的四十名警衛，我們得到了兩百八十名人質。現在重要的是這一點。」

「是，我們已搶下所有人的裝備。接下來該如何行動？」

「只有正面出擊一條路啊。難得咱們都弄到了擋子彈的肉盾。」

葛雷奇向如今立場完全顛倒的敵兵們露出與生俱來的凶惡笑容。帝國兵們渾身打顫，領悟到自己將遭到什麼樣的利用。

「營長，俘虜們走出收容所了！可、可是，最前頭是我軍被擒的同伴……！」

「嗚……！」

不出所料，齊歐卡士兵們讓淪為人質的帝國兵站在最前排走出收容所。槍林彈雨本該從監視站的槍架傾注而下，卻因為大批同伴被當成肉盾難以動手。帝國兵們咬牙切齒地無法扣下搭在扳機上的手指，在他們目光所及之處，齊歐卡士兵們像接受夾道歡呼般悠然地大步走向荒野。

「——千萬別跑到肉盾前面去。直接穿越監視站中間向西前進。」

走在中段的葛雷奇一邊壓低高大的身軀防備射擊一邊指揮整個隊伍。收到指令的副官面露困惑。

「……向西前進嗎？雖然前往村落獲得糧食的機會較高，但很可能遭到監視站的敵軍部隊與西邊基地的敵軍部隊夾擊啊。」

「你以為我為什麼在收容所裡留下同伴？監視站的傢伙動彈不得，追緝我們等於放棄管理收容所的職責。如果收容所內的人全跑光了還另當別論，但現在還有約四百人死守在那裡。剛剛派出傳令兵後，那些傢伙也以為這就是盡到最低限度的義務了。唉，不過還是會有一小批斥候跟上來吧。」

「原來如此，是這麼一回事嗎？……但是，來自西邊基地的追擊呢？我實在不認為光靠人質能夠應付過去。」

「管他的。總會有辦法吧。」

「總會有辦法，是指……」

「我就說了管他的啊。這一點就給畫這張圖的傢伙大展身手——而且你說錯了一件事，不是追擊，而是迎擊。」

「咦……？」

副官愣愣地瞪大雙眼。葛雷奇故作不知若無其事地說道。

「我沒說過嗎？我們接下來要襲擊西邊基地。因為我們得接回美麗的太母大人。」

同一時間，北域第十二基地的士兵們絲毫不知東方數十公里外的俘虜收容所出現異狀，正認真

執行著日常勤務。儘管這片土地經過北域方面戰役後不再像以前一樣悠閒，這座基地裡有一些基於其他緣故負起特殊任務的人。

「～～～♪」

此刻在接近基地中央的五層高塔中，哼著歌爬樓梯的賽莉烏・蒙中士也是其中一人。從那副模樣也看得出來，她很喜歡自己最近的工作。理由非常單純。

「打擾了，我是蒙中士。少將閣下，您過得好嗎！」

「啊，是賽莉烏嗎？別客氣，進來吧。很高興見到妳。」

房門隨著催促她入內的說話聲打開。在周照燈朦朧的光芒中，坐在藤椅上讀書，散發異國情調的女子——齊歐卡海軍第四艦隊司令官艾露露法伊・泰涅齊謝拉以微笑迎接她。

光是看到那個笑容，蒙中士就不可思議地覺得安心——這就是理由所在。

「今天我帶了小禮物過來！」

蒙中士將帶來的包裹放在桌上迅速打開。她個人深深仰慕著這名獨特的敵國將領。

「啊，好香。這是……烘焙點心？」

「請用。」

「我這就嚐嚐……啊，真是純樸的好滋味。這股溫和的甜味是奇比糖嗎？真高興裡面沒放太多香料。」

「就是說吧？這裡的飲食，對閣下來說口味似乎太重了。」

「我無意挑三揀四，但連續幾天吃辣的食物還挺難受的。謝謝妳，賽莉烏，這點心讓我很久沒覺得那麼放鬆了。」

蒙中士臉泛紅暈。艾露露法伊的每一句話、每一個動作——全都透著暖意，令她著迷。

「其實，我給米札伊也帶了禮物，是陰乾的河魚乾。」

「真的嗎？謝謝，我很久沒能餵魚給牠吃了。」

合上膝頭的書本，艾露露法伊倏然從藤椅上起身。

「我想帶著這份禮物去見牠……妳允許嗎？」

不可能說不的蒙中士連連點頭。

艾露露法伊長住——不，以俘虜之身被軟禁的地點是一座五層高的塔，她居住的房間在四樓。說歸這麼說，從地板到天花板的距離比一般住宅開闊許多，實質高度大約接近從樓層數字推測的兩倍。

這裡供身分至少為校級軍官以上的高階級俘虜居住，包含家具與擺設在內，房間的設備可以說連高級旅館也相形見絀。以一人獨居來說，地板面積簡直寬敞過頭。不過繼續觀察就能發現，這裡果然是軟禁地。最具象徵性的是窗戶狹小，只在遠比艾露露法伊頭部高出許多的位置開了五個手臂勉強鑽得進去的小洞，無法眺望周圍的景觀，只是徒具形式地維持採光。

就算在白天室內依然昏暗，光源主要依靠出借的光精靈。儘管待遇遠比一般的俘虜好得多，「白翼太母」面臨的境遇總是令蒙中士心痛不已。因為艾露露法伊．泰涅齊謝拉是海軍軍官。是心懷天空與大海——一望無際的無垠寬廣世界的人。回想到她昔日的生活，被囚禁在昏暗的房間裡想必備受拘束。

當然，即使抱著這種想法，蒙中士也無計可施。她是帝國軍的士兵，艾露露法伊是齊歐卡的軍官。無論在任何人眼中，她們的立場都屬於敵我雙方。

「——唔，看來要下場雨了。希望妳別淋到雨就好。」

登上頂樓途中，艾露露法伊如此說道。剛當起管理人時的蒙中士會感到不解，如今她已了解那正確無比的預測沒有懷疑的餘地。至今一直都是如此。哪怕置身於幾乎看不見天空的環境下，「白翼太母」的天氣預測依然準確。

「嗨，各位，看守辛苦了。說不定今天就是我逃走的日子，你們可得好好努力不能鬆懈。」

走過走廊時，艾露露法伊向在各處站崗的士兵們親切地打招呼。儘管是諷刺的內容，由她說來卻感覺不到挖苦的意味。士兵們全都面露苦笑，發自內心地敬禮目送她的背影離開。

「我來開門。」

兩人來到頂樓一個房間前，蒙中士拿起掛在腰際的一串鑰匙。當她打開門上的大掛鎖推開門，門後溢出的風撫過兩人的臉頰。

「米札伊！」

不等門全打開，艾露露法伊就奔向愛鳥。嗶～米札伊也發出尖銳的叫聲回應。關在大鐵籠裡的大型魚鷹兩年前受傷的翅膀已完全痊癒，迫不及待地等著再度為主人飛上天空的時刻到來。

「對不起，昨天沒法來探望。來，你也收下賽莉烏帶來的禮物吧。是你很久沒吃過的魚。」

米札伊津津有味地叼住她越過欄杆遞出的魚肉。該如何處置這隻猛禽讓帝國軍很傷腦筋，後來根據善待生擒的敵國高階軍官的慣例，也給予米札伊特例待遇。之所以讓牠和艾露露法伊住在同一座建築物內也是為此之故。

「我想放牠出去飛一會，可以嗎，賽莉烏？」

「當然可以。我這就打開鐵籠。」

蒙中士繞到鐵籠另一頭再次打開掛鎖。剛接下這個任務時令她提心吊膽的動作，如今一點也不覺得緊張。因為她已明白，這隻名叫米札伊的猛禽絕不會傷害她。

脫離鐵籠的米札伊拍拍翅膀，滑向位於數公尺上方接近天花板處的採光窗，越過窗戶飛向外面的世界。屋內看不見牠飛翔的身影，但或許是想像著愛鳥正在享受短暫自由的模樣，艾露露法伊歡喜地揚起嘴角。

「照老樣子，牠三十分鐘後會回來。這段時間我們聊聊天吧，賽莉烏。」

「好的！」

兩人互相點點頭，面對面坐在鐵籠旁的兩張椅子上。直到米札伊結束空中散步歸來的這三十分鐘——是蒙中士很喜歡的時間。因為艾露露法伊會告訴她各式各樣的事情。對於在帝國北域出生長

大的她來說，來自大海的齊歐卡人所說的故事再令人興奮不過了。

「唔，要下雨了。」

正期待著她今天會說什麼，艾露露法伊忽然開口。幾秒鐘後，雨珠滴滴答答敲打屋頂的聲音響起。蒙中士不知是第幾次佩服地注視著對方。

「今天也猜中了……真虧您待在這裡也明白天空的狀況。」

「我只是感覺到空氣中的濕氣而已。這一帶很少下雨，因此下雨前的預兆很好分辨。姑且不論真正的密室，這裡又有大窗戶。」

艾露露法伊說著仰望接近天花板的採光窗。稱作大窗戶也只是一公尺見方大小，卻是這座塔裡最大的一扇窗。不過窗戶距離地板有三公尺以上，除了採光之外無法用在其他用途上。

「賽莉烏，令堂的病情怎麼樣了？」

聽她突然問起，蒙中士的動作霎時停頓。經過幾秒鐘的沉默之後，她擠出模稜兩可的笑容開口。

「昨天我收到信……還是沒挽救過來。」

這個答覆令艾露露法伊垂眸低下頭……談論痛苦的話題時，她會露出和訴說者一樣難過的神情。這也是蒙中士喜歡她的理由之一。

「這樣嗎……妳很悲傷吧，賽莉烏。」

「……很難講。她稱不上是多溫柔的母親……就算說這下子我就舉目無親了，老實說我也分不出有什麼差別。」

艾露露法伊側耳聆聽蒙中士緩緩往下說。

「從軍之後，我幾乎沒回過老家，因為回家也得不到好臉色。說來丟臉……母親真的不喜歡我，我是父親帶來的拖油瓶，後來父親又和她離婚了。」

她嘴角浮現自嘲的笑。不必等到母親去世，她打從一開始就失去了一家和樂的機會。

「因為種種原因，繼父後來也離開了這個家……唉，如果我現在戰死撫卹怎麼算呢？聽說陣亡者沒有親人就不發撫卹金，那可是白死啦。」

蒙中士說完大大嘆口氣，忽然感覺到柔軟的觸感覆上臉頰。

「啊，喂……」

「我錯了……妳一直都很悲傷對嗎，賽莉烏。」

艾露露法伊站起身將蒙中士摟在胸前。她用羽毛披肩包裹對方的身影，宛如疼愛自己幼雛的母鳥。

蒙中士在不可思議的溫暖中動彈不得——沒多久之後，她聽見強而有力的振翅聲。

「——回來啦，米札伊。動作還真快。」

艾露露法伊依然擁抱著對方，為愛鳥歸來感到欣喜。蒙中士漸漸對這個狀況感到不好意思，於是把目光轉向米札伊——她不解地歪歪頭。

「……咦？牠叼著什麼東西耶……一捆繩索？」

「沒關係，是我拜託米札伊帶回來的。」

艾露露法伊輕輕鬆開手走向愛鳥，接過繩索在屋內四處走動。不明白這個行動的意圖，蒙中士只能一臉錯愕地望著她。

「這附近不錯。然後打個單套結……嗯，好了。」

她將繩索牢牢綁在房間中央的石柱上，滿意地點點頭。無法再默不作聲的蒙中士戰戰兢兢地問。

「……少將閣下，請問您在做什麼？」

「啊，做一些逃亡準備。」

艾露露法伊輕描淡寫地回答。由於態度太過光明正大，聽起來反倒像開玩笑。蒙中士傻愣愣地以變調的聲音反問。

「咦，那個——您、您要逃走？」

「如果不必逃就解決是最好的，可是看樣子人家牢牢抓住我們的弱點，光是等人來接恐怕回不去。這段長假也要在今天結束了。」

「如、如果您是認真的……我必須阻止您。」

她邊說邊大大伸個懶腰。用好一段時間才理解她並非在開玩笑，蒙中士臉龐抽搐地開口。

「那麼，首先妳應該拿揹在背上的槍指向我。」

艾露露法伊坦然與她交談，抱起雙臂仰望位於三公尺上方的採光窗。如果將關米札伊的鐵籠推過去站上去，以她的身高手勉強搆得到。察覺她即將把想像付諸執行，蒙中士近乎哀鳴地喊道。

「求求您，說這是假的……是一如往常的玩笑話。現在還來得及當作什麼也沒發生過。我不想拿槍對著閣下……！」

「我也不想逼妳這麼做。因為賽莉烏妳是個溫柔的孩子。」

艾露露法伊左手握著繩索轉過身，向她伸出另一隻手。

「所以，妳也一起來。」

「……咦？」

「帝國再也沒有足以留住妳的事物了對吧？那就來齊歐卡。國家歡迎妳，在那邊我會關照妳。」

「這、這種事──」

「妳認為辦不到嗎？突然聽到這種提議很為難？──就算如此也無所謂。我並非在逼迫妳做抉擇。」

艾露露法伊的聲調充滿前所未有的力量。「白翼太母」直視著愕然的蒙中士，堅定不移地繼續道。

「我決定要帶妳回去，和逃離這裡一樣，這是結論──這是理所當然的吧？眼前有個哭泣的孩子。既然沒有人牽起她的手，那就由來我抱起她帶她走。」

她的雙眸裡蘊含深不可測的慈愛。艾露露法伊向顫抖的心愛孩子說出關鍵台詞。

「跟我走，賽莉烏。妳的悲傷已經夠多了。從今天起，妳再也不必哭泣。」

淚水一瞬間奪眶而出──蒙中士終於領悟，自己早在許久以前就被說服了。

二十分鐘後。監視的士兵察覺異狀，立刻一片騷動。

「——泰涅齊謝拉少將逃跑了！蒙中士也不見蹤影！」

「什麼？快搜！她們應該還沒跑遠！」

俘虜在某些情況下會逃跑。這理應是在常識之上的前提，現在的狀況卻令他們驚慌失措。因為——他們對艾露露法伊．泰涅齊謝拉的逃亡沒有心理準備，不知不覺間失去了這個預期。她平易近人的舉止、平日和藹可親的交流，慢慢地奪走了他們的戒心。

「可惡！怎麼回事……？」「啊啊……為何我們會如此驚慌……！」

這完全是「白翼太母」的人性魅力發揮了效用。他們並不知道，要長期接觸她同時一直心懷戒備本身就極其困難。

心情始終沒恢復冷靜的士兵們不顧一切地展開搜索，又在此時面臨青天霹靂的狀況。敲響的警鐘傳遍整個基地。

「警報、警報～！所屬不明的勢力正從東邊接近！規模超過一千人！全員就戰鬥配置～！」

「——什麼！」

士兵們面無血色地啞然失聲，不得不相信有某種巨大的異變正朝他們撲來。

「──好了。到了這裡，對方差不多也該發現了。」

葛雷奇在荒野中央眺望著遠方的基地喃喃地說。圍繞在他周遭、飢腸轆轆的一千六百名部也下望著同一個方向。

「太母大人平安無事嗎……我好擔心。萬一敵兵得知我等發動了攻勢，利用她當人質該怎麼辦……」

「這是杞人憂天。那些特務大概預先安排過──最重要的是，你還不了解艾露露法伊・泰涅齊謝拉這個人。」

葛雷奇聳聳肩露出無畏的笑容。正符合這番說詞，他的表情毫無不安之色。

「那位大人是天生的萬人迷，不是那種程度的監牢關得住的。要我說的話，少將閣下是為了我們才選擇落入敵手。因為有指揮官在附近，就難以對其部下動粗。這兩年來，她也一直保護著我們。」

沒理會聽到這番話眼角泛淚的部下們，相貌凶惡的海兵隊長一直注視著基地的方向。

「既然我們逃了出來，束縛少將閣下的枷鎖也消失了──看吧，果然不出所料。她來了。」

葛雷奇放下望遠鏡。在他目光所及之處，很快有人騎馬奔馳而來。士兵們之間也發出歡呼──不可能認錯，他們披著招牌標誌羽毛披肩的指揮官正專注地策馬疾奔。不知為何，她背後還載了一名帝國軍女兵，但眾人根本不在乎這點小異狀。

「嗨，我可愛的孩子們！大家過得好嗎！」

「太母大人！」「歡迎回來，我們的『白翼太母』！」「讓您久等了……！」

士兵們唯獨此刻將飢餓與疲憊拋在腦後，迎接敬愛的太母歸來。艾露露法伊一一擁抱他們——和大約二十人分享過重逢的喜悅後，她想起在她背後抬不起頭的那個人。

「對了，我忘了一件重要的事。全員專心聽著——她是賽莉烏・蒙，在我當俘虜期間非常照顧我。從今天起她就是我部隊的一份子，你們要好好關照她。」

聽到艾露露法伊的話，士兵們陸續靠近蒙中士。她緊張地縮起身子，下一瞬間，飽含同情的掌心一一搭在她的肩頭。

「妳也被太母大人迷倒啦。」「女的也在她守備範圍內嘛。」「唉，放輕鬆點。在受到她吸引而從軍這一點上，第四艦隊的同伴人人都差不多。」

齊歐卡海軍第四艦隊的人員大都在戰亂中失去了從軍前的故鄉。他們的身分認同建立在當「白翼太母」的部下這件事上，因此新人是什麼出身背景不算是問題。身為前帝國兵的蒙中士，也在這種環境下極為自然地受到眾人接納。

艾露露法伊側眼看著這一幕露出微笑，走向唯一沒要求她擁抱的副官。

「好了，葛雷奇。我知道計畫的梗概，但接下來具體行動上要做什麼？」

「繞到基地南側占領部分設施。那邊現在應該防禦薄弱吧？如果能獲得少將閣下您的證實就再好不過了。」

「嗯，我想確實是如此。北方山脈那邊似乎出了爭端，從那座基地調走大批人員，剩下兵力約為一個營六百人。依這個人數，受到我方襲擊大概守不住整個基地。」

精明地連情報都收集完畢，艾露露法伊為情報的準確性打包票。葛雷奇一直裂到耳根下的大口不愉快地撇了撇。

「防禦不及的部分包含了儲備物資的倉庫……和預定計畫一樣，完全符合到可怕的地步。」

他們被玩弄於鼓掌之上。即使知道這是我方的計謀，葛雷奇仍然揮不去厭惡感。他原本是奉自助為行動宗旨的軍人，現在不得不參與相貌與姓名都不知的人物安排的計畫，並非他的本意。

儘管如此，現在的狀況想必是千載難逢的良機。徹底將眼前的基地視為獵物，長相凶惡的海兵隊長高高舉起右臂。

「總算能弄到食物和武器了。你們給我打起精神！」

第三章

Alderamin on the Sky

密林攻防

與走其他路線入山的兩個營共一千兩百名士兵會合兩小時後，馬修率領的帝國軍部隊衝進了森林。

由於沒有事先開拓的道路，樹林密度很高讓視野極度受限，他預測進森林後要維持指揮系統極其困難。馬修對衝進森林猶豫不決的理由有一半來自於此，想在森林內和在平地上一樣領導兵卒行動近乎不可能。按照這種狀況，總指揮官在穿越森林之前幾乎什麼都辦不到。命令具備直接執行效力的層級頂多到排長為止，現場行動可以說全交給他們的判斷決定。

「別停下腳步。這種程度的森林……快點通過吧。」

然而，連長以上的軍官中對這個事實抱著戒心的人並不多。理由很單純，因為他們認為敵軍也一樣在這樣的地方無法打仗。這是他們純樸的認知，深信敵軍在這一點上有相同的看法。

「可惡，視野……」「還得在灌木叢裡走多久？」

不出事前預測，進入森林後不到三十分鐘，部隊之間的聯繫開始斷絕。並非行進出現異狀，強行將一大群人帶進地形充滿變化的森林內，全體漸漸無法保持走在同一條路線上是物理上的必然結果。如果讓隊伍配合地形變窄或許能在形式上保持連貫，但任何人都不希望愚蠢地拖慢部隊，就算這麼做前方的情報也無法毫無混亂地送達後方。既然如此，他們判斷現在暫時分散兵力較為妥當。只要在走出森林之前再統整部隊就行了。

認知太過輕忽的報應，在進入森林兩小時後到來。

熟悉的壓縮空氣破裂聲響起後，同伴的慘叫緊接著傳遍四周。這些聲音代表的意義只有一個，察覺敵人來襲的帝國兵們立刻進入戰鬥狀態。

「別慌張，提防周遭異狀繼續前進！只不過是零星的射擊罷了！」

儘管遭敵軍先發制人，指揮官們並未驚慌失措。敵兵躲在樹幹後或是樹上射擊在預料的範圍內，但這種非正規的配置所能布署的兵力和攻擊力都不成氣候。周遭樹木在作為敵方掩蔽物的同時也會化為射擊時的障礙，對帝國兵而言同樣是遮蔽物。儘管避免不了一部分的犧牲，相對來說，無論情況如何變化這種攻擊也無法造成重創。

「別停下腳步！很快就要穿越森林了，在那之前先跟同伴會合！」

士兵們扛起受傷的同伴不斷奔跑。他們只能認定，未來沒有任何需要不安的因素。儘管部隊暫時被分隔成排的規模，這只是一開始就納入考量的發展。既然遵循指南針朝同一個方向前進，與其他部隊之間的距離應該沒有拉得太遠。在前面重新將人員編組為營的規模，等事先約定的時間一到同時走出森林。重頭戲是出了森林後的戰鬥——至少連長們是這麼認為的。

「——看見了！是友軍的光訊號！」

一名士兵環顧周遭喊道——根據決議，在森林內匯集戰力時，首先要朝友軍可能在的方向發出光訊號，只有在這麼做還不足以傳達時才敲銅鑼以聲響傳訊。雖然兩種方法都潛藏了被敵軍發覺所在位置的危險，只要戰力夠多便不成問題。

「好——斥候，到發出亮光的地方去。為了慎重起見，你去確認是不是友軍。」

接到命令的斥候撥開草叢邁步飛奔，同時不由得緊張起來。儘管看上去是帝國軍正規的光訊號，萬一是敵兵假扮的，他送命的可能性極高。

「是同伴吧，拜託要是啊……！」

唯獨這件事，只能祈求主神保佑。心跳加速的斥候戰戰兢兢地接近光源探頭看去——終於鬆了口氣。因為成排站在那裡的人都穿著熟悉的帝國軍制服。

「喂～我是風槍兵第八排的加耶波一等兵！部隊現在過來會合！做好準備！」

看出對方收到他的訊息，加耶波一等兵立刻掉頭回去報告——這個決定日後成為他因為「未確認友軍部隊歸屬」被追究責任的原因，但最終遭懲處的不是他本人，而是長官未盡到指導責任。

「確認過了！沒有錯，是友軍！」

「好，過去會合！我們人數眾多，容易被敵人盯上，別疏忽對周遭的戒備！」

依照指揮官的指令，士兵們朝樹木另一頭透出的微光走去。能夠與同伴會合，比數據上的戰力強化更加鼓舞人心。被迫在昏暗的叢林裡分頭行動，對他們的精神造成不小的壓迫。

「久等了，我是連長蘇耶魯奇中尉。馬上重整隊伍吧，你們是第幾排？」

有些人認為，在派出斥候的階段就該問這個問題。若是從一開始就接下單獨任務的排，自然會

詢問吧。不過，此時的他們沒有正採取獨立行動的意識，只覺得這是以連為單位進軍的途中，和脫離視野範圍的同伴重新會合而已。總之，他們致命性地欠缺危機感。

「是。就是這麼回事，連長。」

結果，代替答覆掃射過來的子彈，一瞬間擊倒了包含連長在內的十餘人。

「——咦？」

站在那群人後方不遠處逃過一劫的加耶波一等兵，在面臨那個瞬間後依然未能掌握狀況。不過當眼前的同伴在第二波齊射中倒下，他終於發覺——對方穿著熟悉的帝國軍軍服，自陰影中浮現的士兵臉孔卻每一張都很陌生。

「嗚、嗚哇啊啊啊啊——！」

第三波齊射朝呆若木雞的帝國兵們傾注而下，接著是毫不留情的衝鋒。

進入森林後，總指揮官馬修走在隊伍的最後方。在有必要時樂於上前線的他，這時候堅持選擇壓陣。

「……嗯……？」

那或許是預想到這個狀況而下的判斷。異樣感自前方的樹叢傳來。感受到那裡散發出如同被驅逐的野獸般的氣息，他反射性地替風槍上刺刀並向對周遭的部下斷然開口。

「……停下來。光照兵，準備照射。」

察覺命令意圖的人不多，但行動本身順利地付諸執行。隊伍最前面的人將放著光精靈的十字弓指向行進方向——幾秒之後，一個人影衝出劇烈晃動的樹叢。

「——照射！」

馬修抓住時機喊道。強光迎擊衝出來的人物，微胖青年趁著對方呆立不動的瞬間拉高嗓門。

「別動，是自己人！原地稍息！」

他傳達簡短的事實同時下令。這是所有士兵都被灌輸到條件反射程度的行動，在大腦思考前，身體就先行回應。馬修接著向佇立不動被強光晃花眼睛的人物開口。

「……你單獨行動？發生什麼事了？」

馬修眼前是一名半陷入震驚狀態，臉頰抽搐的帝國兵。花費十幾秒鐘理解狀況後，士兵安心得當場癱坐下來。

「泰德基利奇少校……得、得救了……」

「現在可沒時間休息，快說明情況。」

當馬修語氣生硬地催促，士兵也站起來說道。

「……我們在前面遭遇敵襲。請多加小心，少校。敵人偽裝成友軍了！」

前往世上所有的戰場時，指揮官都會預想最糟糕的情況。有時候能用全滅一詞簡單道盡，但那是萬不得已的案例，大多數情況下指揮官們會設下稍微好一點的底線。這也可以說是軍官最低限度的職責。

以這次來說，最糟的情況是遭到敵軍妨礙未成功突破森林，在撤退過程中付出不小的犧牲。視敵軍的準備而定，馬修判斷這種慘狀有可能發生，也做好相應的覺悟。總之，到這個地步為止他們都應付得來。掩護逃過來的同伴打退敵軍，在森林裡當場重新集結戰力立刻撤退。以放棄奪回森林另一頭的信徒為代價，防止發生進一步的損傷。

因此，那在真正的意義上還不算是糟糕透頂，遭受預測範圍內的打擊乃兵家常事。讓他們打從心底忌諱的，是顛覆事前預測的意外——我軍被逼進超乎預期的困境中。

這次就是如此。接近森林後半的部隊遭到敵襲——光是這樣還好。問題在於敵軍假扮成帝國兵。急著會合戰力疏於防備的部隊接二連三地以最糟糕的形式被打個措手不及，大部分因此失去組織性的統率，半陷入恐慌狀態地在森林裡四散奔逃。

然而，真正的慘劇還在後頭。全心想逃離死亡危機拔腿狂奔的士兵們大都在森林中迷失方位，運氣好遇到後面友軍的人，無一不將自己的遭遇說了出來，說碰到換上軍服假扮自己人的敵軍襲擊——這份報告給友軍造成的心理影響，正是最大的打擊。

把和我方會合當成心靈支柱在昏暗森林中前進的士兵們，轉而害怕起之後的會合。接下來遇到的人真的是自己人嗎？他們將對這一點產生難以消除的懷疑。

在這種情況下，這座森林裡太過缺少確認對方身分的方法。光訊號和聲音訊號都容易偽裝，就算靠聲音確認部隊所屬，也可能是俘虜透露了情報。即使對方主動報上單位姓名，連聲音聽起來都很耳熟也不夠確實。誰能保證沒有人正從背後拿槍抵著他？

當然，真正的齊歐卡兵也正為了驅趕四處奔逃的帝國兵開始前進。他們的目的既非迎擊也非殲滅，完全是要擾亂戰場。只要假扮帝國兵的他們反覆發動襲擊，部分戰果多寡，效果都將確實地漸漸累加。疑心生暗鬼——是即將戰力會合之際最糟糕的惡疾，將導致一個結果。那就是無止境的自相殘殺。

「——Ｍｕｍ，他們似乎上鉤了。雖然這種手段稱不上格調有多好。」

收到部下的報告，「不眠的輝將」——約翰．亞爾奇涅庫斯少將如此評論自己設下的計謀。不過，他的副官米雅拉搖搖頭。

「約翰你不必在意。詭道是軍事的正道。簡單的說，是露出破綻的人不好。」

聽副官滿不在乎地斷然說道，約翰回以苦笑——假使「不眠的輝將」因為同樣的事上了敵方的當，她大概會窮盡所有知道的詞彙痛罵敵將吧。儘管這上頭存在著明顯的雙重標準，約翰也沒不識趣到責備她的程度。

「唔，確實沒錯——但是，你愁眉苦臉的表情並非只出自這個理由吧？不眠的輝將。」

身穿白衣的老賢者插口。不再對他看穿自己的想法感到驚訝，約翰靜靜頷首。

「Yah，正是如此……有沒有事先看穿這個計謀，是一個基準。」

「代表對方作為將領的才幹不足以和你激烈交鋒嗎？但是我認為應該看接下來的應對來做判斷。」

「關於這一點，從先前的戰況就想像得到。那邊的指揮官多半能帶領不少人逃離森林，但接著就得面對不容分說的泥淖。不拋棄大批同伴，就沒辦法逃脫。」

約翰語帶嘆息地說道。他的眼中已看不到沸騰的戰意，取而代之地浮現憐憫之色。

「——全員撤退！敲響銅鑼！」

馬修做出這個判斷花費的時間之短，值得讚賞。一發現敵軍的策略超乎自身預期，他接受了在此地戰術上的落敗。這麼一來只剩撤退一條路走。在戰力沒有會合步調不一的狀況下穿越森林，也只會在出森林的瞬間嚐到被分頭擊破的苦頭。

「撤退！撤退！」「回去了，掉頭～！」

宣布撤退的銅鑼聲在森林內大聲響起，位於音源附近的部隊陸續掉頭，他們在離開時也不忘敲響銅鑼。

像這樣連鎖性的傳達撤退命令，應當能平安召回全體士兵的八成以上——沒錯，按照事先預定的話。

「好——我們也敲響銅鑼。」

在森林各處，齊歐卡兵也同時敲起銅鑼，目的同樣是擾亂敵軍。敵我雙方敲響的銅鑼聲在森林裡複雜地迴響混雜在一塊，抹消原本的含意。

「這、這聲音——是怎麼回事？」「發生什麼事了，可惡！」

沒頭沒腦亂竄的帝國兵們臉上的怯意愈來愈濃。除了撤退指令之外，銅鑼聲還用來當作衝鋒等各種行動的信號。這麼一來，要區別敵我的訊號十分困難。那響個不停的巨響，令不少人擔心是敵方部隊大舉進攻的前兆。

「什麼啊，究竟怎麼搞的！」「該怎麼辦才好、該怎麼辦……！」

失去統馭四處徘徊的帝國兵裡有許多人連自己的位置都搞不清楚了。分辨不出是敵是友的氣息，讓他們害怕地轉動泛著血絲的雙眼匆促地在黑暗中張望，莫名其妙的銅鑼聲始終刺耳地響個不停。

「嗚嗚、嗚嗚嗚嗚嗚……！」

處在這種狀況，幾乎不可能辨別我方與其他人。墜入混亂深淵的士兵們採取的行動大致可區分為兩種，形成鮮明的對比。亦即——無法理解地拔腿狂奔，或相反地在原地動彈不得。

前者對於發現他們的齊歐卡兵而言正是合適的獵物，後者存活的可能性相比之下還比較高。但

諷刺的是，在森林中動彈不得的那些士兵們，正是設下這個計謀的不眠的輝將向敵營插下的最大楔子。

由於已進入森林深處，撤退花費了很長的時間才告一段落。終於不再有士兵衝出森林時，天色早就一片黑暗。接著，馬修重新要指揮下的所有部隊點名。

「快報告！有多少人走散了！」

清點人數同樣很花時間。因為他們發現有兩名連長失蹤，必須先交接指揮權。現場指派同一個排的兩名少尉充任排長後，馬修總算得知指揮部隊現況。

「……將近一半的同伴還在森林裡嗎？」

光是陳述事實時不讓聲音發抖，就需要極大的忍耐力。愈是理解現狀，他愈想抱著腦袋癱坐在地上。因為他體悟到，眼前正出現巨大的難題。

「還有超過兩千人被留在那裡頭啊。」

馬修盡力以平淡的語氣說道——既然如此，他必須以指揮官的身分帶回失散的兵卒。必須用盡所有可能的手段，救出在分不清敵我的黑暗中嚇得呆立不動的同伴，救出不久後將死在齊歐卡兵手中的他們。

——敵軍打從一開始的目標就是這個？可惡。

將不能被部下聽見的咒罵藏在胸中，微胖青年大大做了幾個深呼吸，開始為敗仗收拾善後——投入只以減少犧牲為目的，與勝利和名聲無緣的漫長痛苦戰爭。

約翰．亞爾奇涅庫斯形容馬修陷入的狀況為泥淖，隨著時間流逝，證實了這個比喻正確無比——展開救援作戰計畫足足五天之後，依然有超過一千名的帝國兵留在森林裡。

「可惡……！」

馬修忍不住發牢騷。一再碰到未曾經驗過的狀況，又是情況與戰鬥不同的救援任務。他不可能處理周到。

在大前提上，他應當執行的救援作戰就有一大矛盾。想救援被拋下的同伴必須進入森林，敵軍卻算準這一點發動攻擊。這代表救援很可能製造新的犧牲。

一不小心——應該說若非行動安排得特別高明，救援行動造成的犧牲人數將在獲救人數之上。實際上直至現在，已有超過一百名傷亡者。愈掙扎陷得愈深，如此惡毒的設計正像個泥淖。若不想白白擴大傷口在行動上就不得不謹慎，導致無法避免地浪費時間。這段期間森林內的同伴也愈來愈疲憊，連時間也站在敵軍那一邊。

「我們眼中的救援對象，在敵軍眼中是吸引我們的誘餌嗎……我方和敵方需要做的行動難易度相差太遠，難怪會形成泥淖。」

相對於敵軍只須將留在森林裡的帝國兵與前來救援的帝國兵一併除掉，馬修等人的救援任務相當棘手。首先，作為救援對象的帝國兵不肯乖乖獲救。齊歐卡陣營的偽裝活動使他們陷入疑心生暗鬼的狀態，再加上飢餓造成思考能力降低，他們甚至對前來救援自己的同伴也拿武器相向。光是說服他們將人帶回就得費一番工夫，說服時還得擔心來自齊歐卡兵的襲擊。

「該怎麼辦……這樣下去狀況會愈來愈糟。」

馬修在帳篷裡兜起圈子，彷彿象徵了兜兜轉轉也得不出結論的思路。問題不是出在他的指揮或部下們的表現上，而是現狀的構造。在戰術上費心思難以顛覆戰略上已確定的不利狀況，想實現這一點，唯一的可能是加上這裡沒有的新要素——

「泰德基利奇少校！」

副官的呼喚介入他看不到終點的思索。由於語氣帶著中許久沒出現過的開朗，馬修抱著一絲驚訝和期待重新轉向他。

「怎麼了？有部隊自行歸來了？」

「不，很遺憾的沒有……不過，我認為這個好消息比起來也毫不遜色。」

副官邊說邊意有所指地望向帳篷外。馬修疑惑地走出去——一看見外面整齊列隊的部隊，立刻領會一切。

「——托爾威？」

風槍兵們手持長槍而立，最前方的高個子指揮官是馬修熟悉的翠眸青年——帝國陸軍中校托爾威．雷米翁。

「抱歉來晚了，援軍到達了，小馬。」

托爾威開口第一句話就這麼說。儘管他的聲調比兩年前來得堅硬，雙眸蒙上難以拭去的陰影──唯獨現在，可靠的感覺壓倒了一切。馬修慌忙奔向他身旁。

「你不是正全心訓練部下嗎？半途中止訓練趕過來了？」

「嗯。他們差不多練出個樣子了，我覺得這是投入實戰的好機會。」

托爾威望向背後，他的部下們秩序井然地保持隊形，沉默地等待活躍的時刻到來。

「我帶了熟練度最高的一個營過來。雖然得視戰場狀況而定，他們應該不會礙事的。目前戰況如何？」

「至少可以說，事情惡化到很難解決的程度。有許多同伴被留在那片森林裡。」

馬修迅速說明情形。聽完一次他掌握重點的說明就理解狀況，托爾威有力地點點頭。

「原來如此。雖然還有救出同伴的難題──姑且不提這個，戰場是叢林吧。」

「？是、是啊。」

他確認的語氣帶著令人費解的熱切，不知道理由為何的馬修納悶地歪歪頭。托爾威望著那片構成麻煩的森林開口。

「來這一趟果然是對的……看樣子是首戰的絕佳良機。」

一陣寒意竄過馬修的背脊。儘管只有一瞬間──他看到翠眸青年彷彿彎起了嘴角。

對布署在叢林內的齊歐卡兵而言，他們在至今為止的戰鬥中總是單方面地占有優勢。畢竟他們從未受到像樣的反擊，幾乎都在追逐喪失戰意來不及逃跑的帝國兵，迎擊前來救援那些傢伙的敵兵。他們在兩種情況下幾乎都能確保先發制人，對胡亂開火的回擊也不必過於提防。讓他們提防的問題反倒是自相殘殺。為了避免這種事發生，大部分假扮帝國兵的部隊都已撤離森林。戰鬥初期煽動敵軍疑心生暗鬼是偽裝部隊的貢獻，但成功後繼續留在戰場上壞處多於好處。他們這些「扮成敵兵模樣的自己人」，同時也會造成我方士兵攻擊時猶豫不決。

「……唔，話說回來，我們的輝將還真是了不起。」

以一介士兵的觀點來看，不可能誤以為目前的眾多優勢是自己的功勞。當部下的大半都理解，是製造出這個戰場的指揮官手腕非凡。

要追溯起來，這個作戰計畫始於煽動帝國境內的阿爾德拉教徒逃亡國外。以教徒為誘餌將帝國軍引到山脈，如果他們像北域方面戰役時一樣上演消耗戰那也很好，如果帝國軍這回不重蹈覆轍而是力戰，那就順勢引誘他們進入叢林，掉入新的泥淖。

總之，不管再怎麼掙扎，敵人從頭到尾都只能被約翰．亞爾奇涅庫斯玩弄於鼓掌之上。再次被這個事實激起敬畏之心，齊歐卡士兵們忽然在從樹上俯瞰的景色中察覺獵物的氣息。

——那邊的灌木叢有光透出來。

士兵無聲地以眼神示意，在相鄰樹木上的同伴也點點頭。

——我向同伴發出訊號。人馬上會過來。

——這裡太遠了。先下來靠近一點。

兩人彼此點個頭，謹慎地從樹上爬下來。沒發出太大的聲響一路移動過去，不久後順利地在距離目標不遠處的灌木叢重新布陣。

——還不要開火。等他們會合後再一網打盡。

——我知道。事到如今我怎麼會焦急。

他們早已熟悉如何有效率地解決可悲的帝國兵，不怎麼緊張地等著好的射擊機會——突然間，遠處傳來壓縮空氣的破裂聲。

——……？剛剛的槍聲是從哪裡傳來的？

擔心的士兵以手肘戳戳並排匍匐在灌木叢中的同伴，卻沒得到回應。他疑惑地往身旁一看。

——咦？

發現同袍額頭開了一個小洞趴倒在地。

「……不，喂——」

他一時無法理解狀況，忍不住出聲呼喚。那一瞬間，第二發槍聲遠遠地響起——他也走上與身旁男子相同的命運。

「——第二擊，命中額頭。雙方皆未移動，判斷已死亡。」

「了解。周邊可有其他敵蹤？」

「未發現。繼續返回搜索待救援者的行動上。」

有很多人與部隊走散後並未遇見同伴，害怕地在草叢中爬行。儘管看著指南針試圖向西走，卻因為地形問題無法筆直地往西邊前進，對於自己接近了目的地多少毫無把握。

「哈啊、哈啊——」

「不要、不要……我才不想死……！」

嘴裡僅僅反覆唸著這句話，他專注地一再躲藏又前進，前進後再躲藏。

雖然一路上好幾次感受到人的氣息，他怎麼也無意向對方求助。因為四天前他親眼目睹，以為是同伴前來接應衝出灌木叢的另一名帝國兵，被穿著相同軍服的人射殺。

他無法相信任何人。這是他當下毫無虛假的心聲，也認定除了自行抵達同伴陣營之外沒有其他活路。所以他才趴在地上恐懼地匍匐前進，就算偶爾豁出去奔跑，跑不到十秒鐘又會害怕起來趴回地上，反反覆覆。這樣拖下去在抵達之前同伴就會先離開了。這股危機感逼得他更加焦躁。

「嗚嗚、嗚嗚嗚……嗚喔？」

這名走進沒有出口的死路的士兵視野忽然毫無前兆地上下顛倒過來。被懸吊起的雙腳朝向天空，頭部則互換位置垂向地面。

「咦、嗚……啊……？」

來不及為太過突然的異狀感到恐慌，他僅僅目瞪口呆——張大的嘴巴同樣突然地被人從背後堵住。

「——？」

「冷靜點，我是自己人。」

對方在他耳畔呢喃，但驚慌失措的心靈無法照字面意思接受這句話。士兵以倒吊姿勢掙扎起來，

「叫你冷靜啊。明白了沒，如果我是敵兵，你早就死了。」

「咕嗚——！」

一記拳頭毫不留情地打中他的胸口。

士兵陷入輕度的呼吸困難，剛才毆打他胸腹的手這回摩娑起他的背。也許是從手掌的觸感感受到對方沒有敵意，士兵也漸漸恢復冷靜。儘管有些自導自演的成分在，現場沒有人將這個當成一個問題。

「冷靜下來了？知道我是自己人了？」

「——嗯、嗯。」

「那我放你下來，你可別突然撲過來。我之所以設陷阱抓你，是因為暫時讓你喪失抵抗力對我

們彼此來說更安全。」

那人一邊簡短地說明，一邊解開他腳踝的繩索。再次以雙腳站在地上的士兵，終於理解自己逃出了死路。

托爾威參戰約半天後，叢林裡靜靜發生的戰況變化也開始傳到齊歐卡陣營的指揮官耳中。

「……你說損失數字達到了無法忽視的地步？自我方部隊？」

反覆唸出部下傳來的報告，約翰的眼神漸漸嚴厲起來。此事出乎他的意料，而且是絕不容輕忽的事實。只要敵將裡沒有那個人，現階段帝國軍在叢林戰中毫無還擊之力——因為他這麼認為。

「……不對勁。這個戰場是我安排的，敵軍應該沒料到森林裡會化為主要戰場。然而，敵方卻在這個時機做出有效的反擊……」

「從目前的狀況發生後已進入第六天，我看只是那邊也出現了少數有能力因應戰況行動的人物吧？看來對大局並無影響……」

「不，不對。就算如你所言，局部的抵抗理應不至於造成這麼大的損失。有某種新的重大因素加入了戰局。沒錯，舉例來說……」

「舉例來說，以高水準適應了叢林戰的援軍？那可是個威脅。水準我看連亡靈部隊也相形見絀。」

阿納萊乾脆地說出可怕的台詞。沒有根據否定這個推測令周遭眾人陷入沉默，唯有約翰本人露出無畏的笑容。

「Syah，的確是個威脅，但並非逆境。因為到頭來那邊居於守勢的狀況並未改變。」

「也是這樣沒錯。不過看樣子救援敵兵的速度會加快啊，我想你也該構思下一步進攻方法了？」

「連構思的必要也沒有，就是在最佳時機追擊撤退的敵軍而已。」

「也就是說——沒必要改動森林內的戰鬥？」

「是的。對方大概想盡快撤退，這個局面無論如何都不會持續太久，那就沒必要拘泥於難以掌握狀況的叢林戰。至於那批難纏援軍的真面目，等出了森林後查清楚加以因應就行了。」

「確實沒錯。可是，考慮到替撤退的敵軍殿後的部隊實力與亡靈部隊相當，你也能得到幾分樂趣吧。」

老賢者比平常更加挑釁地說。先前一直保持沉默的哈朗此時抱起雙臂，上前一步。

「這麼說有點太小看我們少將了，阿納萊老爺子。既然你不知情那也無可奈何，但真正的亡靈部隊並非打從一開始就是約翰的同伴。這傢伙是憑藉自己的實力打敗了那群影子，才得到他們的效忠。」

他驕傲地說道，大手放到一旁的米雅拉頭上。

「就連米雅拉，第一次見面時可是個瘋得不得了的野丫頭，從現在的模樣來看一點也想像不到。」

「哈朗！我說過多少次希望你別再提往事了！」

「喔，第一次聽說。看來你有很多英勇事蹟嘛，有機會真想仔細聽你講講。」

「Yah，如果博士這麼希望。不過，現在比起過去的勝利更應該關注眼前的勝負。」

雖然還在交談，約翰的目光已轉回森林。這讓阿納萊也承認，不必自己來挑釁，約翰心中也沒有一絲大意。

*

當馬修、托爾威等人在約翰的計謀中奮戰時，視角轉到西邊帝國側的山脈山腳，依然拒絕歸順的教徒們正持續與帝國軍對峙。不過——新人物的登場，使士兵們的緊張感飛躍性地猛增。

「……居然效法聖典上演大逃亡。『汝等莫要畏懼，莫要回頭。主神已拋棄這片土地』——是這麼回事嗎。」

遠遠眺望教徒們的樣子，女皇夏米優．奇朵拉．卡托沃瑪尼尼克說出聖典的一節內容。身為遭教徒們背棄的國家的君主，她對眼前的景象抱持什麼樣的感慨？現場沒有任何人能夠正確猜測出她心中的想法。

「腐敗長期淤積，已無救國的方法。這是主神的判斷嗎？西亞。」

「……」

腰包裡沉默寡言的火精靈，對於這個問題果然還是保持沉默。在聖典記載中是主神使者的精靈們，其實既不肯定也不否定阿爾德拉教的教義。

女皇開起君主不應該說的玩笑。聽到這番話的只有西亞，對她而言稱得上幸福嗎？

「那麼我或許和主神意外地合得來啊。」

此時——一個身影毫不在意地走向在正面和負面意義上都散發著生人勿近氣勢的她。以只有騎士團成員才允許表現的親近態度站在女皇身旁，哈洛向她開口。

「那些人完全不肯放棄……我不明白，想逃離自己出生的國家是什麼樣的心情。」

「……這個嘛，我可不該去揣測。」

女皇言不由衷地掩飾道。將我對國家的憎恨加水稀釋一萬倍，或許就接近那種心情差不多——她勉強把這句回答嚥了回去。

「不管怎樣，都是時間的問題。我一點也不打算讓路。只要看見餓死的未來，他們的理解能力自然也會變好。」

女皇揚起嘴角露出淒慘的笑容。另一方面，笑意裡也帶著不少自嘲。她心裡忍不住想著——如此凶惡的措辭都順暢地脫口而出，我扮起暴君真是得心應手。

「實際來說，目前該擔憂的是前線的馬修他們。無論他們處在什麼困境，現在的托爾威應當都幫得了忙——唔？」

女皇的話說到一半中斷，在愣住的哈洛身旁瞇起眼睛望向遠方。望向位於剛剛眺望過的教徒們另一頭的地平線。

「……哈洛。我記得妳說過，找了增援前來此地吧。」

「咦？啊，是的。基地那邊說會派兩千人過來，好像耽擱了。」

「人數幾乎一致嗎──那批人就是援軍吧？」

視線直盯著一處的女皇詢問。那股非比尋常的氣勢，讓哈洛也謹慎地注視著同一個方向──沒多久就發現了約兩千名整齊劃一，正朝這邊筆直前進的團體。

「咦──？那、那是──」

「怎麼看也不是一般民眾，不過列隊的規律和帝國軍部隊又不同。雖然難以想像──我覺得看來像是齊歐卡的部隊。」

「這、這裡是帝國境內耶？離國境明明也很遠，在這種地方──」

「我想得到幾種可能，但這支部隊從哪裡冒出來的現在不是問題。馬上派騎兵營──不，從這個位置來看也趕不上。」

為了防備暴動布陣時拉開距離，反倒招來惡果──女皇說著嘖了一聲，迅速轉身。

「那些傢伙的目的是確保教徒──或是與他們會合。現在已來不及阻止雙方接觸，看樣子事情麻煩了。」

夏米優走出總部帳篷。對她轉換思路之快感到困惑──不，是表面上顯露出困惑，與女皇拉開距離後，有著哈洛臉孔的女子自言自語。

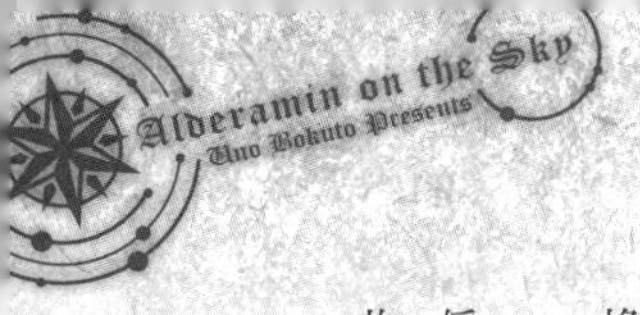

「……總算到了。我事先都做了那麼多布置，那些慢吞吞的傢伙手腳真慢～受不了。」

派特倫希娜拋出這番話後聳聳肩——她從附近的基地召來兩千名增援是事實。但那支部隊在葛雷奇等人即將逃離收容所時離開基地，又在抵達此地之前收到俘虜逃跑的消息折返。也就是毫無意義地兩頭跑，受到她的玩弄。

「呵呵呵呵。」

結果，抵達此地的是兩千名新敵軍集團——她的嘴角揚起妖豔的弧度，描出一個與女皇不同性質的陰狠凶惡笑容。

「啊，看樣子馬上要開打。」

望著察覺他們的接近進入戰鬥狀態的帝國軍，葛雷奇難得地嘆了口氣。隨著「白翼太母」回來擔任長官，他總是繃得緊緊的肩膀也放鬆了幾分力道。

現階段他們總數有兩千餘人。於途中經過的基地確保物資之後，他們在前往山脈的路上與留在俘虜收容所的四百人再次會合。這批人本來做好視情況而定可能成為棄子的覺悟，結果巧妙地利用收容所職員當人質逃了過來。這對葛雷奇來說是個好消息，但迫在眉睫的戰鬥令他心情沉重。

「咱們的本行明明是海戰，從逃離收容所起卻一直沒法輕鬆啊。」

「在窗邊靜靜等待救援，也沒有帶著金色老鷹的少頭目英姿颯爽地過來救人。現實總是沒有故事來得理想。」

艾露露法伊悠然地抱起雙臂說道。一連串不熟悉的詞彙讓葛雷奇納悶地歪歪腦袋，不久後意會地開口。

「……如果搞錯了不好意思，難不成剛剛那句話是在模仿『白馬王子』？」

「雖然我只是模模糊糊有個印象，大概是吧。因為馴鷹民族沒有王族，也沒有騎乘文化。」

「喔～少將也經歷過喜歡這一類幻想的時期？」

「當然了。但遺憾的是，我發現自己設法解決問題比等人來救快得多。」

「然後葬送了少女心，忙得沒空和少頭目邂逅。真可憐。」

「唔，我這才發現。你雖然是我的副官，從某方面來看也是一大塊生肉──你沒有同感嗎，米扎伊！」

「不，我只是開點玩笑。等等，住手，米扎伊，我道歉，快停下來。嗚喔、嗚喔喔喔喔喔！」

斜眼瞥了一下副官和愛鳥上演的激鬥，艾露露法伊掃視淹沒視野的大批帝國民眾。

「好了，他們是想逃亡國外的難民吧。人家似乎對我們抱著戒心，先秀一點伴手禮出來瞧瞧。」

她彈彈手指，收到信號的部下們拉著載貨車聚集過來。掀開載貨車的罩布，底下是各種物資，食物、衣服、醫療用品。看到物資的人群發出叫喊，還有──

「由參與計畫的我來說這種話也怪怪的，不過老實說，構想出這個發展的人還真下流。」

隨著這句隱隱流露厭惡感的台詞，泛著微光的槍身曝露在白日之下──導入膛線風槍後變為舊

型槍種的大量滑膛風槍。他們從基地倉庫搶來的槍隻隨意地堆在載貨車上。

「唉，我不至於說這計畫不合道理。聽說在作為計畫基礎的聖典中，大逃亡並非救贖而是試煉——你們不親自達成就沒有意義這一點，多半是宗教上的真理。」

那裡擺著無庸置疑的武力。過去教徒們未能獲得，連想要獲得都嫌忌諱的力量，如今近在伸手可及之處。

「……」「……」「——」

站成一排的教徒們眼中一個接一個亮起危險的光芒——不久之後，第一個人戰戰兢兢地向槍管伸出手，宛如被烙印在視網膜上的鋼鐵光輝迷住一般。

後來他們切身體會到，神的試煉與惡魔的誘惑，有時酷似到諷刺的程度。

第四章
Alderamin on the Sky
派特倫希娜

說一個還不到「從前從前～」那麼久遠的故事吧。

在某個地方有一名少女。

她是個除了個子高以外別無值得一提的特徵，隨處可見的貧窮女孩。她生在佃農中最貧困的農家，身為長女，代替終日在田裡耕作的父母一手照料五名弟弟。

——家裡的事交給妳了，妳是乖孩子吧？

父母用這句話當口令，派給女兒許多職責。認為這種生活理所當然的少女也沒有不滿。弟弟們麻煩費事，但每一個都可愛得不得了，看見雙親疲憊不堪地歸來，她無法因為任性造成他們更多的負擔。由於性格所致，她遇到難過的事情總是選擇忍耐。在貧困的生活中始終當個乖孩子。

這位善良的少女運氣很差，雙親在她八歲時因過度勞累相繼去世。她和五名弟弟被親戚互踢皮球，最後由一個遠親大家庭收養。

當然，不是當作家庭的一份子。他們名義上是僕人，實質上是奴隸。這種事很常見。

儘管如此，收養他們的家庭表面上在左鄰右舍眼中具有慈悲為懷的形象。當時少女年僅八歲，能夠作為勞動力的只有她和長子，頂多再算上次子。另外三個弟弟年紀實在太小了。

不但增加六人份的伙食開銷，其中三人還是吃白飯的——只要以這種觀點來解釋，周遭居民自然很佩服這個大家庭懂得照顧親戚。少女和她的弟弟們也沒有異議。打從一開始他們便明白自己沒有立場抱怨境遇，他們自知在這個家庭內是礙眼的異物。因為遠親非常詳盡地告訴過他們。

總之，少女從被收養的那天起開始拚命幹活。當遠親威脅不這麼做就不給弟弟們食物吃，她別無選擇。做飯到洗衣、掃除到伺候、照料家畜、幫忙農務——所有勞動毫不留情地壓在她的肩頭。那些作業量在旁人眼中看來也是明顯過量，簡單的說，她被當作無論什麼時候報廢也無所謂的道具對待。以消耗掉為前提的嚴酷負荷毫不留情，別說吃飯，主人常常連睡眠時間也不留給她。

唯一的救贖，是少女的身體相對於年齡及營養狀態相當健壯，否則她早已追隨雙親而去。在堪稱絕望深淵的境遇中，唯獨這一點是極少數的幸運——不，也可以說這才是最大的不幸。

無論如何，即使她一個人拚命幹活築起防波堤，想保護弟弟們的健康不受平日的嚴酷勞動影響卻難如登天。身體最早出問題的是次子——乾咳漸漸慢性化，最後發展成連呼吸都有困難的重症。儘管少女趁著勞動的空檔拚命照顧他，在經過一個月病情也沒有改善後，遠親說要「送他去醫生那裡療養」，將次子從家裡挪了出去，然後如此告訴剩下的姊弟。

——只要你們好好做事，就讓妳弟弟接受適當的治療。

因此你們得加倍努力幹活，他們這麼說。少女點頭答應，依言照辦。既然這麼做能讓弟弟得救，她不可能有其他選擇。

於是三年過去了。在艱苦的生活中，她的弟弟一個接一個倒下。沒有任何好消息。無論她多麼渴盼，最初被帶走的次子、下一個被帶走的長子始終沒有回來。

雖然置身於隨時倒下也不足為奇的環境中，少女的身體強健得連她自己都感到意外，適應了粗茶淡飯與短暫的睡眠。相對的，她作為勞動力的貢獻比旁人多出一倍，但遠親家並未因此改變她的待遇。他們只是望著耐用程度超出預期的道具露出笑容，彷彿在說這次採購挑對了貨色。

她也經常受到遠親們的騷擾。他們居住的鄉下缺乏娛樂，「地位明顯低人一等的人」往往在這種環境下淪為合適的獵物。只有嘲弄和謾罵了事還算好的，嚴重的時候拳打腳踢也是家常便飯。不過，這些欺凌似乎需要表面上的藉口，大多數情況下責罰她的原因都是嫌她蓬頭垢面。這對他們而言是最方便的藉口，因為只要他們不給少女替換衣物，她一直都只能是髒兮兮的。

縱使遭到虐待，少女也沒想過要怨恨遠親一家。她認為自己是拜他們所賜才得以餬口，將所有不滿驅逐到心靈深處牢牢地封閉起來。少女性情溫柔到選擇這麼做。

然而——總有無論如何心裡都承受不住的時候。碰到這種時候，她會在睡覺用的稻草堆上縮成一團哭著小聲哼歌，哼起從前母親教她的歌曲。

——愛惡作劇的女孩派特倫希娜，今天也靜不住。

瞪大眼睛尋找著何處有獵物。

找到了找到了，走在路上的紅衣姑娘。

要到鄰鎮送便當給做木匠的爹爹。

看我吃掉便當，把蛇裝進去！

一想到心就撲通撲通地跳，嘴裡自顧自地哼起歌。

「開始美妙的工作吧。開始我們的工作吧」——

童謠配著輕快的旋律描述了熱愛惡作劇，令人操心的女孩派特倫希娜的日常生活。

在雙親曾唱給她聽的歌曲中，少女最喜歡這一首。因為她覺得歌詞裡極盡惡作劇之能事的派特倫希娜非常自由又輕盈。在夢中想像那奔放的態度與生活方式，甚至足以讓少女忘了自己目前的處境，得到片刻的救贖。因為派特倫希娜代替她做了她絕對辦不到的事情。

小孩子就算調皮搗蛋也能得到周遭人們的包容，反過來說即代表生活寬裕。生來從未享受過寬裕環境的少女，不管願不願意都只能當個乖孩子——正因為如此，派特倫希娜對她來說是某種英雄，是絕對無法觸及的憧憬。在描繪她的身影，想像她的言行舉止的過程中——派特倫希娜或許超越了虛構人物的框架，變得像是少女身邊的好友。

少女夢想著。派特倫希娜會怎麼整遠親家的人們？唯獨這時候，她會殘酷又執拗地計畫平常絕未嘗試過的報復手段。少女想像不到的點子，若是派特倫希娜就想得出來。她難以去做的事情，若是派特倫希娜就辦得到。沒錯——因為派特倫希娜不是她自己，無論做什麼都可以。

以這種幻想作為唯一的慰藉，少女悄悄地在嚴酷的日子中活下來。第四年結束時，最後一個弟弟也被「送到醫生那邊」，為了避免他們的治療中斷，少女不顧一切地不停幹活，一直等待著弟弟們恢復健康歸來的那一天到來。

有一天晚上。一如往常地收到要她打掃的吩咐，少女前往平常不太使用的獨棟小屋。

然而，小屋裡亮著燈光。獨棟小屋有時被這家的年輕兒子當作避開雙親耳目談話的地點，這一天也是如此。奉命過來打掃的少女呆站在小屋外不知如何是好，自然地聽見屋內的對話。

——那傢伙真夠蠢的，到現在還相信弟弟會回來。

——吝嗇的老爸怎麼可能送吃閒飯的傢伙去醫院。

少女全身僵硬。她屏住呼吸靠近窗邊，悄悄探頭注視屋內。

——把他們一一解決掉很麻煩啊。明明是病人還反抗。

——就是說啊，那些傢伙掙扎得厲害，還咬了我的手。

——那是你手法不夠俐落。宰那些小鬼跟殺豬一樣吧？像這樣子～

大兒子演示「當時」動手時的步驟，像在誇耀自己的本領般浮現卑鄙的笑容。

——從後面牢牢抱住腦袋，用利器往咽喉劃下去。不是很簡單嗎？

在男子的臂彎裡看見弟弟被割喉斷氣的幻影——少女以雙手拚命堵住幾乎蹦出喉頭的驚叫聲，腦袋一片空白地離開現場。

她衝進分給她過夜用的簡陋破屋，直接匍匐在稻草堆上。少女在恐懼中漸漸釐清混亂的思緒，她膽顫心驚地理解狀況，然後發出不成聲的哀鳴痛苦掙扎。

沒錯——她並非至今為止從未產生疑問。少女的頭腦絕不算差。宣稱「送去看醫生」離開家後，弟弟們為何連一個人也沒回來？為何不允許她前去探望？為何打聽弟弟們的病情也只得到「還在療養」的答覆？這些疑點推導出當然的結論，但少女努力不去思考，藉此保住希望的燈火——卻被這戶人家兩個兒子的告白徹底熄滅。

他們撒謊，少女喃喃地說。弟弟們至今依然全都活著，應該馬上就會健康地出現在我面前。因為我一路以來都為此而努力著。

可是——另一方面，她心中有人冷冷地否定。妳錯了，打從一開始那些傢伙就沒有理由放弟弟們活命。

——吶，怎麼辦？

聲音在腦海內響起。嗓音十分熟悉，充滿少女沒有的殘酷，像荊棘的藤蔓般緩緩地侵蝕她的思緒。

——吶，妳想怎麼做？

面對直言不諱的問題，少女連連搖頭——我不知道。我不知道該怎麼做。因為她是乖孩子，一直規戒自己不可心懷憤怒、不可被憎恨所驅使。一直努力不讓心中抱持惡意。碰到這種時候，她不知道該如何行動。

——那就隨我高興囉？

因此——這個提議對少女而言正是最後的救贖。

她不想再思考了。她已然明白，一直當個乖孩子得不到任何回報——這代表此刻少女需要英雄。

她打從心底盼望，能若無其事地做到她絕對辦不到的事情的存在顯現。

因此，「她」回應這個願望就成了一種必然。

——愛惡作劇的女孩派特倫希娜，今天也靜不住。

瞪大眼睛尋找著何處有獵物——

少女極為自然地張口歌唱。歌聲宛如祈求天上神明救贖般殷切。

——找到了找到了，陰險壞心眼的大家庭。

虐待生病的孩子，全家人哈哈大笑——

熱切的聲調顫抖著。少女一直牢牢封印的負面感情，如同灼熱的泥漿般滲出。

——把那些傢伙全■了，■了■了■了他們！

一想到心就撲通撲通地跳，嘴裡自顧自地哼起歌——

憤怒與憎恨到極點的心一口氣散發出瘋狂氣息。顫抖的嘴角揚起不祥的弧度。

「——開始美妙的工作吧。開始我們的工作吧。」

童謠的結尾是開始的宣告。如此宣布之後——從稻草堆上起身的已是和溫柔少女截然不同的另一種存在。

一夜的慘劇在此悄悄開幕。

震耳欲聾的槍響與嘶吼在大阿拉法特拉山脈的山腳迴響，那是無庸置疑的戰場配樂。

兩千名前俘虜與有一部分拿著俘虜們搶來武器的一萬名教徒，群聚起來化為怒濤湧向眼前的帝國軍，造成這個結果。沒有隊伍或組織，毫無熟練度可言的外行人集團——數量夠多依然是股力量。面對超過五倍的人數殺過來，就算是士兵也得曝露在危險當中。

「「「開火————！」」」

要對抗這個形式發展，警告與威脅已經不管用了。整齊列隊的槍兵們臉頰抽搐地扣下風槍扳機

……槍聲響起的時機不一，可以看出他們對於向本國國民下手感到猶豫。除了席納克族那樣的例外，這些帝國兵沒有處理一般民眾主動挑起內部紛爭的經驗。

「嘎——！」「嘎啊！」「咿……！」

中彈的人們發出慘叫倒下，立刻被後方湧來的人潮淹沒不見蹤影。他們拿著艾露露法伊等人分發的舊型風槍展開還擊。雖說未組成隊伍又是發射第一次接觸的武器，一般很難命中，但拉近距離後就不一定了。士兵們的臉上浮現焦慮之色。

「各隊保持現狀！不准繼續橫排散開！」

女皇大喝一聲告誡慌張的士兵們。為了預防教徒們湧來的狀況，帝國軍將隊伍橫向準備展開攔住群眾，卻被夏米優斥責為不適宜的行動。

「可是陛下，照這樣下去那些傢伙會逃進山中——」

「混帳。你打算當著野狼的面追羊群屁股跑？」

她目光嚴厲地瞪視反射性表達異議的軍官。她正確地判別，情況已和事前的估計有所出入。

「將士兵橫向散開防禦力會減弱。在我軍分心注意暴徒的瞬間，那群齊歐卡兵必將一舉攻過來。直至今天我方陣營都豎起了皇帝旗幟，他們已然察覺我在場。你難道不明白，一旦我方防禦出現漏洞敵軍就會拚死來襲？」

當王將近在眼前，沒有一個旗手不會意圖拿下。不同於目的只是逃亡國外的教徒們，齊歐卡兵有著極其明確的戰術目標。夏米優為了激發將士鬥志與示威親自上前線，更用皇帝旗向敵方通知自身存在的做法，有時蘊含這種風險。

想像著敵軍朝向她湧來的身影，夏米優凌厲地說。

「鞏固防禦，組成方陣！雖然會削弱機動力，現在當務之急是防備敵軍強行衝鋒。只要我軍沒露出破綻，他們就無計可施！」

目前，她率領的兩千餘人正以背對堵住山路入口的形式散開。不過，雖然偏離路線遇難的風險較高，但想避開這裡從其他地方上山並非不可能實現。如果教徒們出現繞路的跡象，夏米優等人本來準備依序散開阻攔他們。但既然發生這種狀況，那就另當別論。

帝國方面有兩千名正規兵，而教徒加上突然出現的齊歐卡兵，敵方共有一萬兩千餘人。說歸這麼說，其中不僅包含大量非戰鬥人員，齊歐卡兵也無法提供這麼多的武裝。因此實際上能夠戰鬥的人力約為四千人。武裝也確認過是舊式滑膛風槍，兩千對四千這個數字並未直接反應在實質的戰力比上。考慮到對手大都是外行人的事實，就算正面交鋒也是帝國軍占優勢。

她正在下達具體指示時，一名軍官神情緊張地跑了過來。他跪在女皇面前報告。

「啟稟陛下！非常遺憾，戰線在敵軍壓迫下開始後退了！為確保陛下的安全，請和親衛隊一起撤退到山上！」

「──什麼？」

夏米優皺起眉頭。戰鬥才開始不到幾分鐘，我軍就漸居劣勢──太快了。雖然人數有差距，衝殺過來的對手大多數只是拿著武器的普通人，受到組成戰列的槍兵部隊齊射不可能不慢下腳步。

隨著從後方眺望前衛的狀況，這個疑問在她心中得到解答。

「……我方士兵攻擊時還在猶豫嗎？」

她自言自語。由於背靠大阿拉法特拉山脈，從最前線的士兵們到女皇所在的後方之間地形是一道徐緩的上坡，讓夏米優得以從較高的位置瞭望我軍情形。

面對蜂擁而至的暴徒，無法貫徹職務陷入苦戰的兵卒身影映入她眼中。對於向本國國民開槍的忌諱令他們喪失鬥志，射擊的密度也因此明顯地下降──

「唉──所以我才說，這種做法格調真差。」

艾露露法伊在延續到教徒後方的隊伍中低聲呢喃。眼前展開的景象，與她期望中的理想戰場相去太遠。

「看來今晚會作惡夢。雖說是敵國民眾，拿普通人當肉盾可不是什麼愉快的事。」

「話是沒錯，但我等也不可能站上前頭，只會被迎面射擊就此玩完。」

考慮到彼此的武裝及性質，葛雷奇極為冷靜地說出結論。「白翼太母」心不甘情不願地點點頭。

「說得也對。沒辦法，為了保護心愛的孩子們，我得狠下心腸——準備衝鋒！」

艾露露法伊暫時壓下不滿，以天生的嘹亮嗓音發出指示。即使在不得已加入的戰鬥中，她指揮部下的高明手腕絲毫沒有衰退。

「……原來如此。無論從正面或負面意義來說，都信任我等作為守護者的一面——嗎？」

另一方面，女皇回想起在米卡加茲爾克叛亂時一名軍官說過的話。

這句評語並非僅限於普通人。帝國軍人們也認同自己作為守護者的身分。長期未曾經歷過一般民眾引發的大規模叛亂一事，在此刻折磨著他們。

「……如果東域沒被齊歐卡搶回去，那個時間點至少會發生一起百姓暴動。這就是未流該流的鮮血造成的結果？」

夏米優在口中呢喃。儘管這段發言以君主來說問題很大，但的確是一部分的事實。因為一個國家衰亡的過程中，一般民眾不可能一直甘願被排除在外。從長期沉睡中甦醒的國民掌握主體權——正是女皇本人的期望，但在這種狀況下實現實在太過不巧。

「看來得由我開口呼籲了。」

不管是本國國民或什麼對手，只要對方帶著戰鬥意志站在眼前，就是應當討伐的敵人。女皇上前一步準備讓士兵們認識到一點，被旁邊的軍官慌忙留住。

「恕——恕臣惶恐，陛下！既然您駕臨此地，不得不說在此迎擊敵人風險太高。維持隊形後退至山路如何呢？只要占據適於防禦的地形和高地，戰鬥就容易得多。等之後與薩扎路夫准將等人會合再反擊也不遲……！」

軍官保持跪姿拚命提倡後退的優點。曝露在女皇黃金雙眸的危險目光下持續說服她，對他而言需要用上一生難得的勇氣。但促使他鼓起勇氣的，也是他烙印在心中那份身為守護者的自尊。

冷硬的沉默籠罩空氣。感覺到等待女皇答覆的時間像永遠一樣漫長，軍官眼角忍不住滲出淚水。他正擔心自己何時會身首異處——耳朵聽到像救贖般的溫柔聲音忽然插入對話。

「陛下，我也有同感。現在該暫時撤退。」

「……哈洛。」

當水藍色頭髮的女軍官從後方攀談，使女皇眼中的氣勢緩和幾分。其他軍官同時鬆了口氣。要說服這位君主，此刻再也沒有比她更適合的說客。

「現在那邊的人群裡，手上沒有武器的人——小孩和老人也混在武裝者之間往這裡跑過來，這樣我軍也不方便反擊。但是，上山之後體力差距必然會顯現出來。有體力和戰鬥意志的人將自然地跑到前頭，沒有的人則跟在後面，如此一來，同伴們戰鬥起來會順手得多。」

哈洛補充了後退的優點。閉上眼睛思考幾秒鐘後，夏米優接受了這個提議。改變軍人們的思維很重要，但將軍人們的損害抑制到最低限度更為優先。

「……好吧。不提士兵們的心理層面，這個選擇也有道理。姑且不論像現在一樣在開闊的平地上不管三七二十一地往前衝，我不認為臨時湊成的民兵打得了山岳戰。」

為了說服自己，女皇再補充一個依據。從此完全決定後退的她，立刻命令周遭的部下們。

「繼續射擊同時開始後退。行動時別慌張——從這裡到山的距離並不遠。」

*

當夏米優等人遭到與齊歐卡兵會合後化為暴徒的教徒們襲擊，開始向山脈後退之際，遠方的前線——山間叢林的戰況有所變化。

「……到此為止了。」

面對鬱鬱蒼蒼的茂密樹木，微胖青年苦澀地低語。他的心夾在對部下們義務的責任感與身為指揮官的盤算之間，受到劇烈的擠壓。要說他們是否救出了所有誤中敵軍陷阱被留在森林裡的同伴——答案是否定的。狀況在擅長叢林戰的托爾威等人加入後大幅改善，成功帶回超過七成走散的同伴，但點名的結果暗示，還有近三成的人下落不明。

話雖如此，其中大部分應該都已陣亡或是被俘。約兩天前起，收到救出同伴報告的頻率大幅降低也證實了這個推測。

「現在是下決斷的時機嗎——可惡！」

馬修像要說服自己般自言自語。他也無法一直耽擱在這裡不動。從被迫中止奪回國民的階段起，這一戰已經是敗仗，他所能做的最大努力是將後續的損失抑制在最低限度。

從這一點來說，反倒接下來才是緊要關頭。齊歐卡軍和阿爾德拉神聖軍想必會抓準時機，追擊轉而撤退掉頭走山路折返的他們。要逃離追擊撤退到北域並不容易。因此——為了保留力量因應那個局面，他不得不在作業效率降低到一定程度的此刻結束救援活動。

「……等還在叢林裡活動的部隊歸還後，在場所有兵力開始撤退。行動別太高調，表面上裝作像先前一樣繼續救援的樣子。我想盡可能延緩敵軍的追擊。」

「「「是！」」」

明白馬修意圖的低階軍官們展開行動。經常頂撞年少長官意見的他們，現在在這方面到底也收斂得多。自己得意忘形的行動造成狀況惡化這點顯而易見，成為逆轉敗象要因的托爾威部隊對馬修表示敬意也是一大原因……就算不為了這些，如果不希望軍階章上的星數在戰後變少，此刻他們也沒有餘力嘲弄長官哪裡沒做好。

「……雖然對方大概不會輕易上當。」

馬修目送部下們的背影離開，以低沉的聲調喃喃地說道。狀況還沒跨越難關，他有預感，接下來才是真正難熬的時候，容不下任何樂觀的看法。眼前的戰場上，太過缺乏容許人樂觀看待的依據了。

另一方面，在森林另一頭的齊歐卡軍營地。大部分希望流亡的教徒已被帶到本國那一邊，像臨時難民營般的氣氛減弱許多。約翰少將在司令所內收到部下的報告，正如微胖青年所防備的，他敏銳地察覺敵軍開始撤退的動向。

「——好，切換為攻勢。全軍準備前進，給撤退的敵軍從背後來上一擊。」

約翰以不帶緊張的語氣說道，一名軍官聽到後向他投以嚴厲的目光。他是最初遭受奇襲陷落的那座堡壘指揮官的直屬長官。

「……這樣妥當嗎？從先前的報告中看不出敵軍要撤退的明確徵兆，太早發動攻勢，有可能在一穿越森林後立刻被敵軍迎擊造成重創。拙見以為，現在不要焦急，應當等敵軍確實掉頭後再行動。」

雖然口氣還保持禮貌，他的話語裡透出難以掩飾的敵意。面對年長的校級軍官，約翰直爽地開口，就像平常對部下說話時一樣。

「Yah，的確正如你所言。不過關於這次的情況，我對敵方的軍官抱有一定程度的信任，篤定他們會在救援效率降低到一定數值的階段即刻展開撤退。」

白髮將領流暢地訴說。先不管對方有沒有敵意，向對他的做法感到疑問的部下做解釋，對約翰來說不是麻煩事也不痛苦。

「光是這麼說你難以同意吧。可是，如果可能的話，對方大概也希望在山上取得有力的地形後再迎擊我們。在我軍剛穿越森林後進行戰鬥，運用戰術的餘地太少了。你不認為，這不符合敵人的期望嗎？」

「…………！」

「再加上，現在延誤初期行動，敵軍將會在山上經過充分整備後迎擊我們。這種情況下的損害，比剛穿越森林後遭到迎擊損失更大。因此現在應當行動，不管是否能直取敵軍背後都一樣。」

約翰早已在心中將所有可能放在天秤上計算過得失。而在大多數情況下，他的思考比其他軍官更為深入。這次也不例外。領悟到難以從正面反駁，那名校級軍官不快地扭曲臉龐吐出迫不得已的說詞。

「……失禮了。看來名聲響亮的『不眠的輝將』不需要下官這等無名小卒的建議。」

他說完後起身，留下一句「我去看看部下的狀況」便走出帳篷。他本來多半打算若有機會就藉此事展開辯論降低約翰的聲譽，既然做不到，他無法忍受留在這裡。在一旁關注一連串發展的阿納萊聳聳肩。

「唔，真是簡單易懂。約翰啊，不得不應付那種傢伙的時候，你平常都採取什麼立場？我想當作參考。」

「Ｍｕｍ，沒什麼特別的。對方若有才幹，就算得花些時間也要展示實力讓他聽命於我，若是無能之輩，就馬上剔除出我的指揮範圍。至於剛剛那個人——如果他今後也不打算改變態度，那很遺憾地屬於後者。」

「不眠的輝將」乾脆地毅然說道。他自有一套足以作為年輕天才一再晉升的方法。話雖如此，他的方法要稱作處事之道卻嫌太過傲慢。

「我對部下的要求是成為我的四肢，以最快速度準確反應出我的意志。在不妨礙這一點的範圍內，喜歡以自我為中心或是渴望名利都無所謂。不過，任何事逾越分寸都會給組織帶來危害，這不用說也很清楚吧。」

「沒有錯。對你來說，不幸的是任何時代都有許多人緊抓著年資制度不放。」

「Ｓｙａｈ。我希望這種人盡可能只看我的頭髮。這麼一來，一定可以得到心靈的平靜。」

約翰指著滿頭白髮回答。原來如此～這個玩笑令老賢者發笑。

「正如博士所說的，我在組織內部也有敵人。從單純想扯我後腿的人到一露出破綻就從背後偷襲的人、企圖拉攏我加以利用的人——真是以各式各樣麻煩的形式冒出來。」

約翰年紀輕輕破例一再晉升，因而也樹敵眾多。儘管在規模上有差距，他面臨的問題與馬修．泰德基利奇當前的煩惱性質相同——決定性的差異在於約翰一連串的發言出自贏家的立場。從作為戰略家的實力之爭到充當後盾的有力人士之間的權力鬥爭，結果他大都拿下勝利，獲得將級軍官的地位，日後還將進一步飛黃騰達。就算一名校級軍官大吵大嚷，也無法撼動他的根基。

「說歸這麼說，現在我想把注意力放在外頭的敵人上。一方面有估計為未知部隊的要素加入，現在施加的壓力還不足以衡量他們的真正價值。」

無意識地散發出身居高位者特有的從容與風範，約翰享受著與還看不見的敵將交鋒。他不認為這很輕率。不論在哪個領域，發揮實力時伴隨精神的亢奮都是當然的反應。

「不分敵我，總是對沒見識過的事物抱著期待，是我經常害得副官操心的壞習慣——繼續打仗吧。」

*

壞心眼的家庭有八男七女合計十五名成員，上至七十歲下至十五歲。要在一夜內■掉所有人，對於愛惡作劇的派特倫希娜來說也是一個大工程。

不過，她並不煩惱該怎麼■■。因為她從以前起就儹積了各種好點子。在廚房用火的時候、拿裝了燒紅煤炭的熨斗燙衣服的時候、到井邊打水的時候，她總是代替乖巧的少女考慮著。該怎麼做■■時才不會引起騷動。怎麼做才能在■■時讓人盡可能多受折磨。手法有很多種，再來只需要考量狀況與順序逐一執行。

「嗯？妳怎麼這個時間過來這裡——嗚噗？」

第一個目標是克姆魯嬸嬸。愛擺架子又愛偷懶，一直把工作推給少女和她的弟弟們。

一在玄關前撞見，嬸嬸立刻想破口大罵，但沒帶精靈是她氣數已盡。她將沾濕的布塞進那張大嘴巴裡讓嬸嬸閉嘴，直接把人按在牆邊拿水果刀往脖子一劃、大腿一劃，按照殺豬時的訣竅下手，鮮血狂湧而出。一定連慘叫聲都和豬一模一樣，堵住嘴聽不見真可惜。

她等到克魯姆嬸嬸不再動彈後退後，渾身沾滿了嬸嬸的髒血。這個方法不太好呢，派特倫希娜反省地想。她很聰明，不會犯兩次相同的錯誤。從嬸嬸的■■上剝下衣服塞進走廊底下，隨便切割布料把尺寸改得合身，用井水沖掉血跡後換上。因為不是正式的剪裁，成品非常糟糕，但她平常就渾身髒兮兮的，一點也不惹眼。

派特倫希娜重新打起精神，第二個目標是塔布拉叔叔。他平常就很粗暴，喝醉之後的遷怒更是過分。么弟倒下直接的原因，就是被他狠狠往肚子踹了一腳。

對克姆魯嬸嬸是一見面就下手，這次她選擇謹慎地在外面埋伏。在家裡動手血跡和■■不好處理，她希望盡可能至少有一半能在外面解決。不出所料，等待一會之後獵物就拿著光精靈走出玄關，大概是覺得嬸嬸沒回來不對勁，但畢竟不至於突然探頭查看走廊底下。塔布拉叔叔東張西望環顧周遭之後，走向屋後的水井。

「克魯姆，妳在哪裡？難不成摔進井裡了——咕喔？」

派特倫希娜完全預料到他的行動，趁著他探頭望向井裡的瞬間把人推下去很簡單。她在叔叔大叫之前蓋上井蓋。此處的水井很深，沒有人幫助不可能爬上來。

實際嘗試過後，做起來還真輕鬆。不讓對手輕易■■也符合理想。她把人推下去時還用刀子刺向腹側，塔布拉叔叔最後想必會漂浮在被自己的鮮血染得通紅的水中。

「哼哼～」

派特倫希娜轉身再度躲進玄關前的灌木叢裡。如果要求再提高一點，她想要一次用相同手法收拾掉兩個人，傷腦筋的是下一個獵物沒走出來。夜色已深，其他人應該睡著了。她覺得期望落空，但這樣倒也符合預定計畫。

「那麼，接著就按照順序來。」

派特倫希娜說著穿越玄關進入漆黑的住家。她看過他們怎麼肆意使喚少女，徹底掌握了哪個人睡在何處的房間。她在走廊上走了一會也沒發現自己之外的氣息，判斷現在醒著的人只有聚集在獨棟小屋裡的三個兒子。反正他們一定是打算喝到天亮，要用也會用水缸裡的儲水而非特地去井邊打水吧。暫時不必擔心他們來礙事。

說歸這麼說，接下來才是困難的部分。有精靈在一起，想趁他們熟睡偷襲並不容易。闖進房間後先堵住精靈的嘴，然後一刀紮進主人胸膛——要做不是辦不到，但她不認為能夠連續成功十次。大概在途中第幾次的時候，察覺異狀的精靈或人類就會叫嚷起來。同一個房間裡睡了兩個人以上就更加危險。

不過，派特倫希娜當然有解決方法。她先經過獵物的寢室，前往剛剛墜井的塔布拉叔叔的房間。她偷偷走進去關上門打開擺在最裡面的衣櫥，那裡放著一把木製大型十字弓。平常總是醉醺醺的塔

布拉叔叔，他的興趣卻是獵狐。

「嘿咻！」

她拿起十字弓試著擺開架式。十字弓頗具重量，但少女平常都會搬運重物，不至於操作不了。問題在於拉弦，而這把十字弓有拉弦用的附屬滑輪。少女以前看過叔叔轉動把手捲起弓弦的樣子。當時她心想，有這種裝置那我也能使用。

派特倫希娜盡量把所有箭矢都塞進箭袋裡一起拿出來。這下子可靠多了，但準備工作還沒完成。即使換了武器，闖入房間的困難度依然沒有改變。

將搭上箭矢的十字弓暫時放在房間角落，派特倫希娜從床鋪上剝下床墊，重鋪在房門前。兩片床墊對齊疊在一塊，蓬鬆柔軟得與少女睡覺用的稻草堆有天壤之別。她強忍住躺上去的衝動，完成準備工作。

她走到牆邊，以手背敲敲牆壁。牆壁另一頭住著叔叔夫妻的次女。持續敲了一陣子後，牆壁另一頭傳來窸窸窣窣起身的聲響，大概是被敲牆聲吵醒了。當往這邊走來的腳步聲響起，派特倫希娜離開牆邊拿起裝上箭矢的十字弓，站到刻意敞開的房門後。

「真是的……爸爸，很吵耶……三更半夜的你搞什喀！」

骨頭碎裂聲響起。射手從死角貼近走進房間的次女，幾乎在零距離下對準她的後腦杓發射十字弓。

次女的身軀往前傾倒，落在剛剛鋪好的床墊上。被箭矢刺穿的頭顱流出的血液在床單上漫開。

她的四肢抽搐了一陣子後漸漸停止。

計畫順利實現，讓派特倫希娜天真無邪地揚起嘴角。一擊收拾掉目標沒遭到反抗，發出的聲響也控制在最低限度。屋子裡的其他人想必沒有任何人察覺異狀，證據就是周遭恢復了寂靜。

「嗯，成功成功。」

「好，下一個。」

她靜靜地關上門走出房間，前往剛剛■掉的次女房間，第一件事就是用布綑住在籃子裡休息的精靈。弄好以後從床鋪上拿起床墊，與沖沖地重新鋪在門口──重複一遍剛才的行動。

「……喂，姊，這麼晚了妳做什咕呃！」

「喂，老姊，咚咚咚敲牆很吵嗚嘎！」

「你還沒睡？給我適可而止──咕喀！」

她每■一個人就移動到下一個房間，接連對六個人下手。事情進行得非常順利，派特倫希娜的心情好極了。這一家的兄弟姊妹全都過了青春期，沒有同住一間的孩子也正好方便。她也在半途中換了一套舊衣服。

除了在獨棟小屋裡的三個兒子，住宅裡還剩下父母與祖父母兩對夫妻。他們都是夫妻同睡一間寢室，■起來得費一番工夫。如果一次吵醒兩個人過來查看，靠先前的方法無法安全應付。

雖然不太願意，派特倫希娜決定在一樓的廁所等候，埋伏在這裡等四人中有人過來解手。特別是老夫婦近來有頻尿的傾向，這個計畫成功的把握很高──果然，她在黑暗中等待不到一小時，便

聽見下樓的腳步聲。

「嗚嗚，最近沒過多久又得小便，真受不了……嗯？」

和光精靈一起過來解手的祖父在接近廁所門口時停下腳步。因為在他的目光所及之處——距離廁所門約五十公分處鋪著床墊。

「為什麼這種地方放著這玩意……有人尿床了？」

儘管感到不可思議，才剛睡醒的腦袋不可能察覺床墊這樣擺放的意義。在尿意催促之下，老人慌忙打開門。

「晚安。」

廁所裡熟悉的少女開口攀談，他的額頭在那一瞬間被射個對穿。老人後仰的身軀倒在背後的床墊上。■■張大嘴巴的錯愕表情，顯示他直到最後都沒理解狀況。

派特倫希娜綑起精靈塞進廁所內，重新轉向老人的■■，立刻覺得噁心地沉下臉色。她看見水漬正從對方的股間漫開。既然因為尿意前來廁所，這是當然的結果，但她還是太不小心了。

「嗚～好髒。本來打算在這裡等奶奶過來……算了，放棄放棄。」

她乾脆地變更計畫離開廁所，回到二樓暫時將十字弓藏進長女房間，站在老夫婦的寢室前單手敲門。

「奶奶，對不起這麼晚還打擾您，是我。」

派特倫希娜小聲地反覆呼喚，房門彼端傳來不悅的氣息。

「……三更半夜的有什麼事？」

「那個……爺爺按著胸口看起來很難受，想找奶奶。您能夠來一樓看看嗎？」

實在無法忽視這個藉口，穿著睡衣的老嫗很快打開門。一見到少女，她露骨地嘖了一聲。

「真是的，這麼晚了還讓下女進來家裡……快點帶路。」

老嫗唾棄地說道，要派特倫希娜走在前面。她似乎以為眼前的少女是丈夫差遣過來的。這正合她的意圖，因此派特倫希娜沒有糾正誤會，依言帶頭走到通往一樓的樓梯。

「好了，肩膀快給我扶一把。一點也不機靈，慢吞吞的傢伙。」

腿腳不靈便的老嫗一派當然地要求少女攙扶她下樓梯。派特倫希娜微笑著點點頭環住她的左臂，緩緩開始下樓。

「——啊。請停步，奶奶。」

她走到一半忽然開口停步。無視皺眉的老嫗，派特倫希娜一手環住她的軀體踏回上一階繞到老嫗背後。

「這樣剛剛好。」

巧妙地調整高低差之後，派特倫希娜用藏在身上的小刀割斷老嫗的咽喉，趁她還沒發出慘叫前堵住她的嘴，再往肋骨之間補上一刀。訣竅和處理家畜時一樣，看來是奏效了，老嫗很快就停止反抗。

「難得換過衣服，又弄髒了。」

把老嫗的■■放在樓梯上，她如此抱怨。用利器下手，難免有血花回濺到身上。俯望自己從手臂到胸膛都染得通紅的樣子，派特倫希娜露出苦笑。

「算了，接下來的工作很簡單。」

她將刀子收進懷裡回到二樓，自長女的房間拿回十字弓——前往最後剩下的中年夫婦寢室。

「……嗯、嗚……？」

好幾個人敲門的刺耳聲響蓋過告知清晨到來的鳥叫聲，將男子從睡夢中吵醒。

「喂，開門！有人在裡面吧？」

門外叫喊的人不知道是誰，但氣勢洶洶非比尋常。趴在桌上的男子坐起身，按著因宿醉而抽痛的腦袋走向小屋門口。他解開門鎖打開門，發現鄰居們臉色大變地站在門外。

「……幹什麼啊，一大早一大群人跑來別人家裡，有什麼事？」

他困惑地詢問，一名帶頭的男子嚴厲地望著他反問。

「……路卡托加，你從昨晚到今天早上人在哪裡，做了什麼？」

「做了什麼……我一直在這裡喝酒啊，和兩個弟弟一塊……」

男子——路卡托加轉身望向背後，終於發覺異狀。

「……咦，只有我一個人？那兩個傢伙跑到哪裡去了？」

和他一起喝酒的弟弟們不見蹤影。眼前的男子沉下臉色回答皺眉的他。

「他們在外面……兩個人都成了屍體。」

「……啊？你胡說什麼。」

「你還什麼也不知情嗎——還是在裝傻？」

「不，我聽不懂你在說啥。出了什麼事？」

「豈止出事而已——是大屠殺。除了你，你家的人全都被殺死了。」

以字面上的意思理解這句話，內容實在太過違反常識。路卡托加錯愕地張大嘴巴，那名鄰居煩躁地往下說。

「絲拉卡、庫吉姆、賽爾提和克魯姆……在主宅那邊找到了所有人的屍體，不是被利器割喉、就是被箭矢射穿頭顱。只有一個當僕人的小孩倖存。那孩子背上也被刺中受了重傷。」

「開、開什麼玩——」

路卡托加聳聳肩想當成一個惡劣的玩笑一笑置之。然而，當他轉頭看向眾人視線投注的方向，這個希望瞬間斷絕。

「——哈爾希？喂，振作點，哈爾希！」

他推開眾人奔向弟弟身旁。冷冷地望著他的樣子後，那些人轉回目光。

「我們想確認一些事情，要檢查小屋。」

這與其說是徵求同意，更像一句開場白，眾人大步踏進小屋。路卡托加茫然地抱著弟弟的屍體，一陣叫喊聲在幾秒鐘後響起，一名男子衝出小屋。

「——路卡托加，這是什麼？」

那名男子手上握著一把大型十字弓。他高舉十字弓繼續問道。

「這是塔布拉的十字弓吧。我曾和他一起打獵，記得很清楚。為什麼這把弓在你這裡？」

「啊……？誰、誰知道！為什麼我會有那種東西——」

路卡托加一頭霧水地連連搖頭。然而在他眼前，又有另一名男子走出小屋。

「對於這把染血的刀子，你也打算用同一套說詞解釋嗎？」

他手中握著一把沾滿暗紅色液體的利刃。目睹那把刀的瞬間，路卡托加終於領悟到自己的處境，幾乎是反射性地大喊。

「不——不對！不是我！」

「——真是不幸。妳一定很害怕吧。」

天亮數小時之後。在離壞心眼家庭的住宅有段距離的民宅房間裡，少女正在接受那戶人家包紮傷口。

「我聽過去察看情況的丈夫提過了。沒想到那一家的三兒子居然發了狂。我知道他平常總愛喝酒玩樂，和家人關係也不好，但是……」

派特倫希娜聽著這番話，始終老實地保持沉默。不過，一切都如她所料。想盡可能自然地找人頂罪，當然得挑個平常就行為不檢的人。

「而且那個人……居然還敢嚷嚷著他沒有下手，是被妳給設計的。他想不出好一點的藉口嗎？真是的。十二歲的小孩哪有辦法一夜之間殺掉好幾個成人。」

她的年齡也加重了三兒子的嫌疑。一夜之間幾乎殺光全家人的凶惡行為，和這裡的年幼女孩給人的印象完全搭不上邊。更何況她背上甚至受了重傷，旁人怎麼看都認為她是被害者。

「傷口並不深，只要靜養就不成問題。妳睡到午餐時再起來吧。」

派特倫希娜露出無力的笑容，目送婦女溫柔地說完後離開房間，那副堅強又可憐的模樣和她的本質相去甚遠，但只是假扮一會，還不需要切換人格。

「……呵呵！」

等牆壁另一頭的氣息遠去後，她笑出聲來，躺在床上回顧自己的工作。

——收拾掉宅子裡所有人之後，派特倫希娜開始著手湮滅證據。她首先檢查腳底。沒問題，沒沾到血跡。雖然應該也沒留下腳印，為了保險起見，她準備沿著自己先前的動線拿抹布把地板擦一遍。

「啊，在這之前。」

她脫下染血的衣服換上在三女房間裡找到的舊童裝。這是第三次更衣了。換掉的兩套衣服，晚點再隨手割成布條埋在外面的泥土下。由於衣著太過乾淨顯得不自然，她沒有忘了適當地用沙土弄髒全身。儘管麻煩，她將一開始■掉塞進走廊下的克魯姆嬸嬸拖出來穿上新的衣服。只有這個人衣服被剝掉，會令別人覺得不自然。

作業到這裡暫時告一段落，派特倫希娜前往獨棟小屋，依序引誘出除了已經醉倒的三兒子以外的兩人，從背後發射十字弓■掉他們。派特倫希娜本來就計畫最後要留下一個人，■■到此完畢。轉而處理精靈們的封口工作。

從最後■掉那個人的精靈開始，她取走了宅子內所有精靈的魂石。只要威脅精靈「不照我的話去做，我就在你主人身上補上最後一擊」，想得手一點也不麻煩。她就是為了這件事才把精靈一一帶離屍體旁邊。只要放不下主人還活著的可能性，他們就不得不屈服於威脅。

收集來的魂石一樣埋在外面的泥土下。唯一的問題是和主人一起墜井的塔布拉叔叔的光精靈，但她放下吊桶拉起精靈，以之後救他主人一命為交換條件逼精靈交出魂石。從交易順利成交來看，當時叔叔大概才剛■■，或是還有呼吸。雖然這無關緊要。無論如何，魂石事後有必要挪到更不容易被發現的地方。

做完這些以後，派特倫希娜再度來到獨棟小屋。她小心不吵醒正打著鼾呼呼大睡的三兒子，將工作用到的十字弓與刀子放在屋內。

「嗯——再來只剩最後一道手續。」

她喃喃說著回到宅子，從廚房拿了另一把刀與繩子走到屋外，將刀子打橫綁在高度恰好的樹枝上，但如何牢牢固定住刀子成了最後的難題。反覆試驗近三十分鐘後，總算得到滿意的成果。

簡短的開場白針對是她使用的這具身體真正的擁有者而發，但派特倫希娜依然毫不遲疑。將刀尖對準背部拉開幾步的距離，調整刀子朝向身體的角度後——她的雙腳使勁猛踏地面。

「會有點痛喔。」

「——呵呵呵。」

刀子刺中現在被繃帶蓋住的背部與肩頭之間。派特倫希娜用體重把刀尖壓進體內，直到傷口深度快造成致命傷為止。回想起流過背脊的鮮血觸感，派特倫希娜滿意地閉上雙眼。

「真開心。壞心眼家庭消失了——」

她這麼自言自語後，寂靜的沉默降臨——大約十分鐘後，閉上的雙眼緩緩睜開。少女的雙眸中帶著困惑之色，和剛剛變得截然不同。

「……咦？呃，這是……」

她心神不寧地張望四周。劃過背部的疼痛刺傷、手上殘留的■■觸感、在耳中縈繞的■■■呻吟聲。所有關於這些事的記憶在她的腦海中一瞬間浮現又消失。

「——啊，這樣嗎。派特倫希娜來過了。」

少女意會地想著，安心地嘆了口氣——因為她明白，雖然好像發生了很多事，但自己沒犯任何錯。

＊

「開始美妙的工作吧。開始我們的工作吧——」

齊歐卡共和國首都諾蘭多特，位於首都中樞的議會議事堂執政官辦公室內。

執政官阿力歐・卡克雷一邊哼著不合時宜的童謠一邊批著文件，這樣的工作態度，理所當然地招來同一個房間內的祕書無言的眼神。

「……忍不住唱起歌來？今天執政官閣下工作進展似乎飛快啊。」

「啊，對不起。我想起了一次美好的邂逅。」

雖然姑且道了歉，他的口吻卻毫無顧忌。證據是他的話愈來愈多。

「真令人懷念。事情的開端是一起鄉下富農家的三子殺害全家人的凶殺案。當時我是在地方工作的基層官員，當時也只是碰巧人在附近過去看看情況。」

祕書認命地聆聽執政官訴說往事。他一進入這種狀態，就阻止不了了。

「我一看凶案現場立刻發現——『這裡有怪物肆虐過』。宅子裡一夜之間有多達十四人遇害，但每個現場幾乎沒留下打鬥的痕跡。可以看出凶手手段異常俐落，下手時更是毫不猶豫，對於殺人沒有忌諱。」

一直在整理文件的祕書手頭的動作慢了下來。真傷腦筋，他心想。以工作閒暇時的閒聊話題來說，這故事太過刺激了。

「雖然輕率，看到這些跡象令我對凶手產生興趣。聽說凶手已經被捕，我馬上過去會面──看了一眼就覺得『不是他』。那個三兒子的平庸醜態，與我目睹的非凡殺人現場太不相配。」

不知是否清楚聆聽者的心境，執政官愈說興致愈高。連光是聽著的祕書都感受到，他腦海中正歷歷在目地浮現過往情景。

「會面期間，他一直發狂地叫喊『我被陷害了』，這種事不用他說我也知道。我立刻離開，前去探望據說是凶殺案唯一倖存者，在這個家當傭人的少女──」

在這個階段他已覺得八九不離十，阿力歐喃喃地說。我想也是，祕書也點頭同意。在發掘稀有人才這方面，這名男子具有超越人類智慧的敏銳度。

「見面一看，那女孩真是乖巧。她純樸善良得令人驚訝，簡直像只從人格裡切除掉負面特質一樣，因此不自然到讓人毛骨悚然──交談一會之後，我忍不住嘗試去探口風，說了『一夜殺掉十四人很辛苦吧』。」

祕書也能輕易想像出他的反應。只要產生興趣，哪怕是猛獸的巢穴也伸手去摸索，就算結果導致手臂被咬斷，依然面帶笑容──這名政治家總是散發著這種超乎常人的印象。

「我無論如何也忘不了她那一瞬間的變化。顯露本性？展現陰暗面？不對──『和一秒前完全不同的另一個人出現了。』一言以蔽之，那是掠食者的眼神。是腦中只想著如何殺掉我，如何處理屍體的殺人魔臉孔。」

「…………」

「那恐怖的姿態……與一瞬間前的善良無比的少女面容形成驚人的對比——讓我陶醉不已，太棒了。人類竟然能將如此徹底的矛盾容納在同一個軀體內，我甚至感動得泛淚，這就是一見鍾情。當我回過神時，已經開始追求她了。」

喀嚓喀嚓的金屬摩擦聲忽然在室內響起。執政官不知不覺間抓起益智環，熱衷地以雙手把玩著。

「將少女放在手邊持續觀察，我對她們的理解漸漸加深。根據這個前提，我能說的是——首先，哈洛瑪的善意絕非偽裝，正好相反。憤怒、憎恨、對他人的攻擊意圖——這些負面特質全部由派特倫希娜承擔，她只剩下人類善良的一面。『正因為如此』，她對殺人和背叛沒有懊悔，因為負責為惡的總是派特倫希娜而不是她。無論另一方犯下什麼惡行，哈洛瑪都背負不了罪惡感。不是『不肯背負』，是『背負不了』。

我一開始也誤會過，但她們並非記憶不共通。派特倫希娜知道的事情哈洛瑪也全都知道，反之亦然。然而——每次將行動主導權讓給派特倫希娜時，那段記憶對哈洛瑪而言就成了缺乏真實感的故事，淪為描述愛惡作劇少女的童謠。

我深信這種堪稱壯烈的自我欺騙，在必須視狀況靈活扮演各種角色的間諜活動上正是最佳的資質——於是我毫不猶豫地將她們交給亡靈們。」

一陣寒意竄過祕書的背脊。金屬管鏘的一聲解體為兩段——結構被解開的益智環在執政官手中再度重組為一體。複雜地糾纏在一起但絕不會融合，也不會分離……宛如這種狀態對她們來說才是自然的。

「加工過程就如你們所知的。在灌輸間諜技術之餘，可在必要時機切換人格的條件也設置完畢，於是她們這個作品完成了。受影子們薰陶成長的雙心一體淑女，如今化為最凶惡的亡靈威脅帝國。」

阿力歐在忍不住戰慄的祕書面前綻開微笑。看到由他親自發掘培育的人才大顯身手，無論何時都帶給他無可替代的無上幸福。「不眠的輝將」是如此，「白翼太母」亦然。他或她們對這名男子來說都是無可取代的傑作。

「玩得開心點，派特倫希娜。還有放心吧，哈洛瑪——這次妳果然還是沒做錯任何事。」

＊

率領我軍往山上後退，女皇心中想著——事情不對勁。

那股異樣感並非從現在才開始，而是當事件避開馬修等人的祕密偵查爆發的階段起一直持續不斷。教徒們的大逃亡、追逐教徒上山後的遭遇戰，最嚴重的是齊歐卡兵出現在帝國側的山脈山腳——她推測這批士兵多半是附近的俘虜收容所逃出來的，但一切發生的時機太過一致了。

齊歐卡與拉・賽亞・阿爾德拉民當然會暗中活動。不過，這次發生了太多只憑少數特務四處奔走不可能實現的狀況。教徒們的行動、齊歐卡兵的逃獄，單獨來看都不是沒有發生的可能。可是，若非兩者都在仔細瞄準過的時機發生，不至於造成目前的狀態。

——被叫到山上的帝國軍遭到前後夾擊的狀況。

「…………！」

縱然不清楚在前線戰鬥的馬修等人狀況如何，還無法斷定戰況。然而——假設他們也被敵軍壓倒正不得不撤退呢？局勢隨著時間經過越發惡化，因為這種時候應當從後方給予支援的他們，喪失了提供支援的餘力。

當然，就算在最糟的情況下她也有自信跨越難關。她最大的憂慮不在這一點。女皇最恐懼的是，為了實現這個宛如惡夢的狀況，缺少不了掌握帝國軍內情，又能執行國內即時傳來的指示的特務。

——我身邊有間諜？

根據狀況進行推測，浮現這個念頭極其自然。問題在於之後。究竟是誰背叛了？

依洩漏的情報之重大，那名人物很可能是校級以上的高階軍官，否則無法得知策畫這起事件時用到的情報。這代表不是基層人員叛變能夠解釋的——情況非常嚴重。

夏米優感到背脊發寒地思索著……比方說——真的、真的只是打個比方。

如果此刻人在身旁的她是間諜，自己懷抱的所有疑問豈非毫無斟酌餘地解釋得通——

「——陛下，危險！」

尖銳的警告聲插入她的思考——下一瞬間，女皇眼前血花四濺。

「咕嗚……！」

護住她擋在前面的人物發出痛苦的呻吟。感受到迸散的血滴噴上臉頰，夏米優馬上理解了狀況。

她——哈洛代替自己，挨了瞄準自己發射的子彈。

「嗚……在右邊斜坡上！大家保護陛下！」

哈洛沒有屈服於痛楚，向眾人下達指示。在她指出的方向發現射手的身影，周遭的士兵們慌忙還擊。他們連作夢也沒想到，敵軍居然靠得這麼近。

「叫醫護兵過來！哈洛，振作點！現在立刻包紮——」

「請、請放心，陛下。妳看，子彈打中的是肩膀，槍傷也不太深。這樣只要取出子彈消毒再包上繃帶……」

「那可是瞄準我的子彈，萬一上面淬毒怎麼辦！給我乖乖躺下！」

夏米優露出可怕的表情看著哈洛接受治療。另一方面，確信女皇心中漸漸針對她而起的疑心一掃而空，有著哈洛臉孔的女子——派特倫希娜內心浮現淒厲的笑容。

——計畫很順利。

沒錯，一切都是她自行安排的。不露痕跡地對護衛部隊施以心理誘導製造警備漏洞，召喚同伴過來射中自己，還加上保護女皇負傷的絕妙情境。

——呵呵呵。

子彈當然沒有淬毒，派特倫希娜還命令射手減低壓縮空氣的壓力作為保險，以免造成重傷。不過，只要稍有疏失也可能頭部中彈，高興地執行類似自殘工作的精神，是旁人難以理解的。

「我不要緊。請陛下只考慮自己的安危就好。」

派特倫希娜裝出堅強的表情說出深具忠臣精神的台詞——沒錯，這名少女不保持健健康康的她會很頭疼。她也是派特倫希娜的同類，即阿力歐・卡克雷準備的無可替代的女主角之一。

那位執政官絕不希望帝國在這個階段失去統治者陷入無秩序狀態。倒退回軍閥時代的國土將立即荒廢，征服帝國時獲得的財富也會大幅減少。因此要讓帝國維持最低限度需要的統治，階段性地吸收無法再維持的領土與人民。這是阿力歐期望的有耐心的勝利方式。

——妳會直接趕來，老實說出乎意料。

這次的作戰計畫有三大目的。實現教徒們的國外流亡、奪回以艾露露法伊為首的俘虜們以及隨之而來對帝國軍造成的打擊，不包含暗殺或綁架女皇在內。夏米優在此處是個非正規的存在。

——所以妳放心，我會好好保護妳。

如今策略已實現九成，派特倫希娜反倒需要顧及別做得「太過火」，守在女皇身旁確保她的安全，很諷刺地與哈洛的職責幾乎相同。背叛的嫌疑也暫時一掃而空，對今後的活動不構成阻礙——但是。

——不過，其他的人或許通通會死。

女子腦海中依序浮現大概正開始撤離前線的馬修、托爾威等人的身影。那兩個人生還對她來說比較方便，沒活著回來她也沒有罪惡感。這類善良感情的細微變化是哈洛的管轄，她打從一開始就不曾擁有。

——呼呼呼呼呼呼！

派特倫希娜——自當不成壞孩子的少女的憧憬中誕生的邪惡偶像。

讓她成為她的特質，是超出利己範疇的純粹嗜虐癖。這個根源甚至連阿力歐・卡克雷在真正的意義上也難以控制。

展現真我地自由奔放，徹徹底底地惡毒殘虐。

保持別人所期望的姿態，無邪的魔鬼像跑過花田般在戰場上到處奔馳。

——開始美妙的工作吧。開始我們的工作吧。

童謠響起。描述她如何大展身手的歌曲，唱出地獄的情景。

「——唔，這可真叫人傷腦筋。」

位於受戰火波及的大阿拉法特拉山脈遙遠南方的帝都邦哈塔爾。這一天，聳立帝都中央的皇宮一角出現有些罕見的景象。面對非常難以處理的狀況——露康緹上尉正抱起雙臂苦惱著。

「不——我當然明白，我很清楚你沒有不良的意圖。但是……」

那吞吞吐吐的說話方式一點也不像她的風格。打從狀況開始，面對嘗試說服自己的人，她就無法發揮與生俱來的明快加以應對。讓這名女騎士皺起眉頭，究竟是她人生裡的第幾次呢？

「但是，陛下託付給下官的任務，是『她不在的期間不許任何人通過』。」

既然女皇這麼交代，她平常沒有任何煩惱的必要。露康緹．哈爾群斯卡是效命於女皇的騎士，只需全力盡到職責。若有必要，她不惜付出生命。

「……那位大人的遺志嗎？這麼說真叫人為難，對下官而言也一樣。」

然而——想到這個使命繼承自何人，她再也無法像以前那樣單純地看待事情——騎士必須秉持正道，但那不能是機械化的正確。她比起從前更進一步地重新認識了自己的生存方式。

「————啊啊，真是的，我明白了！放你過去就是了！」

掙扎到最後，露康緹堅持不住舉起雙手噘著嘴說道。

「不過，當陛下將我斬首的時候，你也要一起受刑喔。」

即使在皇宮用地內，以後宮為中心這一帶的寂靜，不分日夜都從未改變。

誰也不想為無聊的好奇心付出身首異處的代價。女皇登基超過兩年，昔日住在這裡的寵妃們的氣息已消失許久。夏米優・奇朵拉・卡托沃瑪尼尼克一直將這片空間當成皇宮裡最大的聖地嚴加保護。

如今，這裡只住著一名青年。他對夏米優來說是罪與罰，也是最愛。他待在面向中庭的房間裡，今天也一語不發地活在靜止的時間中。

「──────」

目睹青年的模樣，認識從前的他的人都會心想──簡直像殘骸一樣。

那裡空無一物。沒有過去源源不絕的玩笑話、一有空就愛講的惹人厭話語、逗樂人們的誇張舉止或複雜感情與理智同時並存的黑眸。使他之所以為他的一切特質早已喪失，只剩下顯示那一切曾經存在的巨大空洞構成空虛的人體形狀。

能從那裡看出的訊息只有一個──喪失。這名青年失去了太多事物。

「──打擾了，團長。」

此時，一個有力的聲音不客氣地插入被等同於墓地的靜謐支配的空間。

「我是頭一次進後宮，沒想到是這麼令人鬱悶的地方，感覺消沉的要命。換成我，就在這裡包養情婦了。」

自認是新「旭日團」參謀長的男子，陸軍上將庫巴爾哈．席巴憑著與生俱來的豪爽說道。他直接走向與他是舊識的青年躺臥的床鋪，不由分說地抱起青年的身軀。

「好了，陪我散步一會吧……唔？你手裡拿著什麼東西嗎？」

青年始終沒有反應。但俯望他用布蓋住的手，手中放著一把短劍。席巴上將意會地點點頭。

「……是她的短劍嗎？是啊，那很重要。好好插在腰上吧。」

將短劍和搭檔庫斯用腰帶固定在青年的腰際，他重新揹起青年。

「那我們出發吧。外面天氣很好喔，伊庫塔小弟。」

在旁人看來就像和朋友的兒子出門一趟，其實席巴是在相隔兩年後帶青年離開後宮。

離開後宮不久之後就能發現，席巴口中的「散步一會」是極度輕描淡寫的形容。兩人乘坐的馬車穿越帝都街道後繼續一直向北前進，看來本來就打算出遠門。

與彷彿失聲般保持沉默的青年形成對比，席巴一路上說個不停。對車窗外的景色一一發表感想，懷念從前在巴達手下工作的時光，說著「如今陛下比我更常在國內四處奔走了」，感嘆難以輕鬆出行的境遇。

時間在沒有回應中漸漸過去，抵達目的地的馬車停了下來。席巴揹起茫然坐著的青年下車，與站在不遠處的炎髮男子四目交會，以眼神致意。

「可是讓你久等了？元帥閣下。」

「——否。抵達時刻準確。」

腰際佩著雙刀的壯年男子——帝國軍名譽元帥索爾維納雷斯・伊格塞姆以鋼鐵般硬質的嗓音陳述。他望向背後的樹林，面不改色地再度開口。

「前面的路不好走。」

「似乎是啊。看樣子得走點山路。」

席巴上將從眼前展開的幽深樹林預測。也許是打算做點熱身操，他揹著青年靈巧地轉動手臂，哪怕路況略差似乎也不當一回事，但伊格塞姆名譽元帥補充道。

「去程預計需四十分鐘。我不希望路程中負擔都落在你身上。」

炎髮將領這麼說著，轉身背向兩人。他膝蓋落地準備承重，雙臂放到背後，做出寬敞背部空出一個人空間的姿勢，察覺他的意圖，席巴上將雙眼圓睜。

「這是邀請者的責任——他由我來揹。」

深灰色的視野。光線微弱，聲音像隔著厚毛毯傳來一樣遙遠。

眼睛、耳朵、鼻子、舌頭、全身肌膚——不，所有感覺器官都對世界封閉了。只期望保持無感，靜靜地沉入黑暗。這樣就好。外界沒剩下任何他應當感興趣的事物。

不過——若是如此，這又是從何時開始的？

回過神時，他被揹在寬闊的背上搖晃著。在濃霧籠罩的意識中，唯獨模糊地感受到這件事。感受不能一概稱作舒適。在安心感之外，他還感覺到某種不甘心與心神不寧。

即使回溯記憶，他也不曾央求過父親揹自己。雖然經常央求母親，不知為何他心中總是制止自己用相同的方式向父親撒嬌。這傢伙是遲早有一天應該超越的高牆——也許是抱著這種孩子氣的對抗心態。

所以，只有在除此之外沒別的辦法的時候，他才會被父親揹起。像是扭到腳走不動等等——這就是不甘心的原因。在想要超越的對象面前曝露弱點並依賴他。那種沒用的感覺，令他忍不住煩躁不堪。

「——好輕。」

忽然間，與記憶中父親的聲音不同，更加硬質笨拙的話語越過背部傳來。

好輕。只有短短兩個字，後面沒有下文。

儘管如此，他仍然不可思議地明白。直到說出這一句話為止，對方心中究竟浮現過多少話語又消失，有多少念頭被殘酷地削除。

有好好吃飯嗎——他說不定想關心老朋友的兒子，這麼詢問。

同伴很擔心你——他說不定想以年長者的身分提出忠告。

在現實中，男子兩句話都絕不會說出口。他非常理解自己沒有那個資格。成年人理所當然的關心、身為人生前輩給予的寶貴建議，若徒具形式都將立刻淪為最差勁的狡辯。

男子一路以來都作為軍人保衛國家。好讓人民不失去秩序、世界再也不陷入戰亂。可是，這卻與以成年人的身分保護孩子致命地無法兩全。

不只是自己的孩子。在他的人生中，男子被迫將所有事物都放上一邊放著國家的天秤另一端。與護國大義的絕對重量相比，除此之外的一切都被視為微枝末節踐踏葬送。

沒達成的約定。未能回報的友誼。男子的生涯建築在那些無數的屍骸與懊惱上。

不——應該說被迫建築在其上。

來日無多了。男子本身與他試圖保衛到底的國家，都將在不遠的將來腐朽化為屍骨。

回神想想，他覺得他們彼此的立場實在太過相似。

兩個什麼也未能保護的失敗者。

穿越林間小路後，迎接他們的是一棟氣派得不合時宜，卻又粗獷的石造宅邸。

「嗨——歡迎三位。」

當他們走到門前，看似屋主的中年男子現身，露出和藹可親的笑容讓三人入內。伊格塞姆元帥也行個禮，揹著青年走了進去。席巴上將也跟在後面。

「幾位累了吧。畢竟這裡交通不便。」

他將三人帶往接待室，端上加了冰塊的冷泡茶。圍著桌子喝茶潤喉時，男子望向唯一沒拿起茶杯的青年問道。

「這位青年就是巴達上將的……？」

伊格塞姆元帥靜靜頷首。男子見到後浮現感慨萬分的微笑。

「這樣嗎……來得好。真的，來得好。」

就此不再插話，他們各自緩緩地喝完手中的茶，彷彿在品嘗流逝時光的重量。

休息完畢，三人在男子帶領下走向宅邸深處。行經走廊時遇到數名男女敬禮，席巴回禮時察覺到──他們並非單純的宅邸僕人，而是有從軍資歷的同類。

「一直保護這裡直到今天有了回報。」

「我還以為再也無人會來訪了。還不合身分地絕望地想，只能就此埋沒在歷史的陰影中。」

從屋主感慨地說起的內容，也可以察覺設立這處地點的緣由。儘管事先聽過伊格塞姆元帥的說明，席巴上將也是首度造訪這裡。他一邊想像在前方等待的事物，一邊瞄了炎髮將領背上的青年一

眼。

「是這個房間。請進。」

解除門鎖的對開門扉迎接著三人。伊格塞姆元帥與青年一同進去，席巴上將則屏住呼吸跟在後頭。

「喔喔……」

環顧房間內部，席巴最初發出的是一聲感嘆。這裡殘留著昔日本該隨著日落失去的空間，令人懷念到顫抖的氣息。

「的確是他用過的東西……」

指南針、十字弓、懷錶——其他還有許多遺物整齊地安置在櫥櫃及桌上。「日輪雙壁」之一眼神搖曳地注視著那些都被細心長期使用過，殘留著濃厚巴達·桑克雷氣息的物品。

「保存狀態也很不錯吧。我們從不疏於保養。」

宅邸主人說完後自豪地微笑起來，席巴帶著謝意深深頷首回應……雖然沒有人刻意提起，這些東西還留著近乎奇蹟。先不論實情如何，那些是在公開場合被視為戰犯者的遺物。原本不能期望有人鄭重保管，甚至可以說這些東西應當率先被丟進焚化爐裡。

之所以沒被焚毀，完全代表有人不希望那種事發生。活在舊友的犧牲導致的煉獄中，同時盡力設立與維持這個地方的炎髮將領——那壯烈至極的心境，就連巴達生前曾是他親信的席巴上將也無法輕易想像。

「那樣東西在最裡面——我先離開了。別在意時間，請慢慢看。」

眼看時機差不多了，屋主行了個禮離開房間。他的氣息自關上的房門彼端漸漸遠去，在只剩下與故人關係匪淺的三人的空間裡，索爾維納雷斯・伊格塞姆緩緩開口。

「……之所以帶你前來這裡——」

他邊說邊讓青年坐在也是遺物之一的陳舊椅子上。他的眼前放著某個蓋上罩布的長方形物體，長約五十公分，寬約八十公分，而深度還不到五公分。一語不發的青年的黑眸，模糊地映出那個物體。

「首先，是為了讓你看看這個。」

說完這句話後，索爾維納雷斯緩緩取下罩布。

目睹物體的瞬間，青年模糊不清的視野徹底受到撼動。

「——啊……」

一幅畫帶著鮮明的色彩出現在落入黯淡深灰色的世界中。

放在木製畫框的畫在技巧方面沒有任何特出之處，樸實的筆觸，隨處可見的構圖，人人想得到的普遍題材。但唯獨繪畫者的強烈感情無可懷疑，每一道線條與上色都沒有任何偷工減料，正適合以過度用心來形容。

「——啊、啊。」

只有熱誠值得稱道的平庸畫家描繪的圖畫中——有他失去的一切。

優嘉．桑克雷在微笑。端正的嘴角微微揚起，和生前一樣脆弱。

巴達．桑克雷在微笑。他待在愛妻身旁，彷彿正深深品味著那份幸福。

然後——在安祥佇立的夫妻面前，並排畫著一男一女兩個孩子。

得意洋洋地挺起胸膛享受雙親關愛的黑髮少年。

凜然佇立於少年身旁的炎髮少女。

「——啊啊啊啊啊啊啊啊…………！」

用顫抖的雙手抱住畫框，伊庫塔．索羅克瘋狂地大哭大叫。

往日的景象就在畫裡。他想守護的一切，未能守護的一切，都毫無誇大或加油添醋地被裁剪下來。

心中充滿幾乎撕裂胸膛的鄉愁，應該在兩年前流盡的眼淚止不住地滑落臉頰。再也回不去的幸福時光，刺痛了活在徹底變貌的當下的青年的心。

——他曾深信不疑。昔日的自己，毫不懷疑地深信這幕景象在未來也將一直存在。他相信無論發生任何事自己都能守護到底。相信只要有她相伴，只要還和她在一起，就什麼也無須畏懼。

然而，他一樣接一樣地失去。父親在他無法觸及的地方死去，母親在他伸手可及之處逝世，在他的臂彎中斷氣。縱使拚上全力，他想守護的生命依舊全數從指縫間滑落。

然後，獨留他在人世。讓他宛如已經死去一般，活下來虛度光陰。

他甚至連繼續呼吸的理由都搞不清楚了——

「——畫名是『家人的肖像』。好像是我女兒去遊學時畫的。」

在漫長的慟哭停下來後，索爾維納雷斯取而代之地開口。那句話語不再具備平常如鋼鐵般的硬度。

「包含這幅畫在內，以前你曾一度拒絕領取巴達的遺物。當時你說——『我不認識最後選擇保衛國家而非家人而死的傢伙』。」

「…………」

「以遺族的心情來說，這麼認為也無可奈何。身為害死他的當事者，我沒有權利說什麼。但唯獨這件事，我想總有一天要告訴你。巴達最後的選擇並不是那樣的。」

深紅的眼眸訴說著，他是為了傳達此事找了今天這個機會。

「當時，要對抗展開大規模侵略的齊歐卡軍，必須由我或巴達其中一人出面迎擊。然而，敕命又同時禁止我們出戰。因此——我們雙方必須有一人違反禁令，並做好事後被當成戰犯制裁的覺悟。」

索爾維納雷斯說道。黑髮青年刻意沒有質問過關於父親之死的真相。

「當時的我歡喜地想著，我該赴死的時候到了。我全方面地信賴巴達，甚至認為他是在我死後託付帝國軍──在伊格塞姆離開舞台後託付國家前途的唯一人選。

然而如今回頭想想，這種想法出自我的懦弱。我不否認，面對在漫長歲月中扭曲的帝國存在方式，我內心深處感覺到了極限。我尋覓著代替伊格塞姆肩負重任的人選，昔日在你的父親身上看出潛藏的資質，愚昧地單方面對他抱以期待。」

他每一句話都透出激烈的自我懲罰。席巴上將吞了口口水。

「正如你所知，巴達本身毫無野心。他打從一開始就不是自願從軍，連旁人眼中看來非常輝煌的晉升經歷，依他本人的認識應該也只是被扔上前線後設法度過難關而產生的副產品。這類的境遇，你多半也記得吧。

儘管如此，或許正因為如此，他在戰場上比任何人都更加耀眼。從獨特觀點看穿狀況的分析能力、提出別人連想都想不到的提案的想像力、執行這一切時毫不猶豫的行動力。他指揮時的身影令同伴們深深著迷，我也比任何人都更受到吸引。他對我來說是獨一無二的戰友……與英雄。」

仔細回顧過去的自己，索爾維納雷斯悲痛欲絕地告白。

「泰爾在某方面視他為勁敵，但我並非如此。其實正好相反，我期望巴達超越我飛黃騰達。我不由得夢想著在他引導下的帝國未來。沒錯──儘管是絕不能表露的期待，我想納入巴達的指揮之下。

可是，不容許這種事實現的正是包含我在內的伊格塞姆與軍方。當時的高層在讚揚之餘，也時時都防備著巴達這名具備相較於一般軍人明顯異質價值觀的軍官。他們企圖穩妥地馴養這位很可能造成國家體制本身變革的傑出人物……作為伊格塞姆的我，也認同這個方針。」

男子以沒有溫度的聲調說道──從這個時期起，他的精神開始出現致命的矛盾。

「在帝國史上唯一的獨立全域鎮台──通稱『旭日團』，可以說也是這種狀況中產生的妥協產物。雖然給予破格的待遇，其司令官的地位卻始終只是一介團長。都給你這麼多特殊待遇了，就此滿足吧──事情便是這麼回事。巴達的晉升上限被設定在這裡，他也沒有異議──感到不滿的人是我。

一方面在心中夢想著巴達帶來的變革，我卻同時是徹頭徹尾的伊格塞姆。只要考慮到自己的行動會在軍中造成什麼影響，我不可能親手將他拱為神主牌。在伊格塞姆派與雷米翁派的衝突本來就越發激烈化的局勢中，身為其中一方派閥象徵的我，推舉完全不同的傑出人物當下個世代的承擔者──在我做出這種輕率行為的那一天，不知道會掀起多嚴重的混亂。

因此，我等待著機會。等待將帝國軍領袖從伊格塞姆換成巴達的良機到來。等待帝國被逼進不得不這麼做的狀況裡。」

當時男子也被逼得走投無路。應當保衛的帝國毫無未來可言。就算能拖延帝國的滅亡也無法推翻這個結果，身為守護者的矛盾都壓迫著他。

周遭無人察覺他的焦慮，連他暗暗投注希望的巴達大概也沒有正確理解朋友的心境。不──他不可能讓別人理解。

「於是話題回到一開頭。當齊歐卡軍展開侵略，我或巴達其中一人被迫違反敕令時——我覺得時機終於到了。我迫不及待的變革時刻到來了。只要我違反敕令失勢，巴達就不得不擔任下一個軍方領袖。而泰爾也是如此期望。我確信隨著領袖交接產生的組織變化，帝國將不由分說地轉往新方向。

雖然狀況是腐敗貴族們的謀略造成，從結果來說，那也是我的期望。只要帝國的未來能夠朝向新局面拓展，我打從心底甘願成為祭品。因此我這麼告訴巴達，出發迎擊逼近的齊歐卡軍——本來是準備出發的。」

索爾維納雷斯嘴角浮現一絲自嘲，以右手指尖抵著臉龐說道。

「那時候，巴達第一次狠狠地揍了我的臉頰一拳。」

「求求你清醒過來，索爾。」

鎖上門的某個基地房間內響起摻雜痛苦的呼喚。相對於挨了一拳依舊文風不動的紅髮將領，不習慣揮拳的巴達反倒扭了手腕。

「聽著，我或許比較機靈，或許用兵比別人靈活一些，但也僅止於此。剝去偽裝之後，我只不過是個唯一興趣是畫些拙劣的圖畫，隨處可見的中年大叔。把國家的前途託付給我，轉眼間就會應付不來。」

索爾維納雷斯無言地佇立著，沉默中卻蘊含強力的反駁，篤定只有眼前的男子能夠救國。面對固執己見的朋友，巴達只能搖搖頭。

「……吶，索爾。當一個國家的存在方式走到死路時，有時會有人高聲提倡與不同於過往主流的激進意見。那傢伙將被稱作英雄，吸收放棄既往體制的民眾建立巨大的組織。然後呢？對了——若受到世所罕見的幸運眷顧，他或許能成為新興國家的元首建立一個時代的功業。」

「…………」

「然而，頂多只到此為止。那個國家僅存續一代後就會滅亡……只要除了他以外的人都放棄用自己的腦袋思考，必然如此。」

巴達黑眸中的光芒責備著朋友犯的錯誤。那是因為他相信對方是與自己對等的存在。

「這傢伙一定會去做。這傢伙足以託付命運。這傢伙能夠無條件地信賴——每一句話聽起來都很順耳，才叫人頭痛。可是論及國家的前途，這一切都不過是另一種形式地放棄思考。」

「…………！」

「你明白為什麼嗎？索爾。因為——無論在何種政體下，要單一個人背負人口以萬為單位的共同社會都是不可能的。國家是由集體的角色分配來營運的，就算是君主專制統治的獨裁國家也一樣。」

從旁聽來，或許他就像只是在陳述自明之理。國家並非由個人營運，這肯定是連小孩子也明白的道理。但另一方面，巴達說人們的確容易忘記這個事實。某個人背負國家命運而起——許多人沒

有發覺，追求這種單一個人領導魅力的思維本身已是種偏差的認定。

「索爾，告訴我你坦率的見解——在你眼中看來，帝國還能支撐幾年？」

被問到的索爾維納雷斯半晌之後沉重地開口，估算國家的剩餘壽命。

「……我無法承諾有一百年。若階段性的縮小國土，大約六十年，或是五十年……」

「五十年，那不是很棒嗎。你試著想想，你認為在與齊歐卡這個外敵相鄰之處建國的新興國家存續這麼長時間的機率有多高？聽好了，這種情勢與失去伊格塞姆的帝國陷入的狀況大同小異。就算我在世期間能設法應付，之後也只會不斷衰退進入亂世。齊歐卡會逐一吞併像這樣分裂的勢力吧。」

「…………」

「這便是你剛剛企圖實現的荒唐舉動的真面目……同時，也是你們家族一直背負至今的重擔。你知道吧，索爾。至今為止，你一直想設法解決。將強加給伊格塞姆的重責一點一點分擔給他人，從內部改變軍方組織的體質，並階段性的糾正國家依賴軍隊的存在方式……這是我構想的未來。迂迴又花時間，相對的不必有人成為新的犧牲者。

仰賴英雄救國，是情況怎麼變化結果都慘不忍睹的豪賭。更何況我並非什麼英雄。如果看起來像，那肯定是因為你和泰爾總是在身旁支持我。」

巴達語帶嘆息地呢喃，臉上浮現深深的苦惱。

「雖然不甘心，我的嘗試也沒成功。被逼進這種狀況，代表我在和腐敗貴族們的政爭中犯了某個致命的失誤。我也不是無法理解想乾脆豁出去的心情。與其在此犧牲你，我也會想豁出去掀起軍事政變算了。如果你肯加入，我說不定會認真考慮。」

宛如鏡中倒影般，索爾維納雷斯臉上也透出痛苦之色——唯獨這件事，他辦不到。身為徹頭徹尾的伊格塞姆，他絕對做不到。縱然事已至此，縱然遭到一直保衛的國家最惡劣的背叛，他也只能以死後相託的形式期望國家的變革。

只要性命尚在，唯有盡到護國重任一途。這是烙印在他的身軀與靈魂上的炎色宿業。

他的好友也比任何人更加理解、尊重他的生存方式——在這個前提上說出殘酷的台詞。

「不過——在這個前提上，我認為應當保住帝國。至少現在還需要。直到把一切都扔給不存在的英雄負責以外的選項出現為止。要是像我這樣的戰爭販子靠武力興起新國家，情勢和一千年前毫無不同。建立的國家會如泡影般消失，如同歷史總是一再重複。」

「……………」

「現在這裡沒有英雄。退一萬步來說，我容不下去依賴那種玩意的醜態——基於這點來思考，索爾。我們該考慮什麼、該做什麼？」

巴達說著以雙手抓住朋友的肩頭，彷彿表明這麼一來才終於來到協商的起點。

「我或你要率領部隊迎擊敵軍。儘管不甘心，看樣子這一點無法更動。放著攻過來的敵軍不管會出大問題，而為了迎擊，似乎有必要無視敕令調兵。」

索爾維納雷斯沉重地頷首。他們所能做的選擇實在太少。

「不必說也知道，違反敕令死罪難逃。這代表——迎擊這批敵軍之後，我們之中有一人必然會死。」

「…………」

「既然如此，乾脆抽籤也是一個方法——不過在那之前，希望你聽我說。坦白說吧。比起兩千萬國民的性命，我有無論如何都更想優先守護的事物。不用說，就是我老婆和兒子的未來。」

聽到這個想法的瞬間，索爾維納雷斯打從心底感到得到了救贖。不必選擇將朋友逼上戰場自己獨活的最糟結果，讓他鬆了口氣。

那麼可以開口說——之後的事就交給你了吧。

即使考慮到方才的對話，索爾對巴達的信任依然堅定不移，深信如果是他，一定會將國家和自己的家人全部引導向好的方向。

「所以，希望你這次讓我去。」

聽到巴達從正面否定的決斷，索爾維納雷斯愕然地呆立原地。

「理由很簡單。若你在這個時機被當成戰犯處決，伊格塞姆家族也將連帶毀滅。說來令人不快，製造這個狀況的狐狸目的大概在此。到那時候——我沒有自信救得了雅特麗。」

聽見這句話，炎髮將領感到心臟彷彿被刺穿一般。巴達嘆口氣垂下頭。

「抱歉，索爾。我還沒有說服你的女兒……那三個月，我用自己的方式全力挑戰過，但那孩子一定會和邁向毀滅的家族共同面對命運。」

「……為什麼、你要此時提起、我女兒的名字。你不是要保護、妻兒的未來嗎？」

「是啊，我要保護。伊庫塔的未來，無論如何都需要那女孩的存在——她來寄宿的三個月令我清楚明白，那兩個孩子絕對應該在一起。像那樣的邂逅，人生中再也沒有第二次。」

對方如此告訴他時那副溫柔的表情，令索爾維納雷斯無可救藥地理解。身為不夠格父親的男子為求救贖託給他照顧的女兒，對巴達來說相當於親生孩子。是和妻兒一樣會毫不猶豫加以保護的對象。

「……在處決後整個家族將一併被毀掉，對於桑克雷家來說也是如此……」

「沒錯。不過，伊庫塔不會因為這點打擊就完了。家族與姓氏束縛不了那傢伙，即使不再是桑克雷，他也找得出許多活路生存下去。他就是這種人。」

「尊夫人也會很痛苦。她的身體本來就虛弱。」

「和伊庫塔互相扶持，總有辦法的。至於生活上的援助……索爾，我想拜託你。你不會拒絕吧？」

巴達的微笑裡蘊含完全的信賴。索爾維納雷斯的雙拳緊握到滲出血絲。

「……你明白嗎？連道別的時間都沒有。」

「兒子應該會恨我吧——這也無可奈何。問題是我們這些大人太不稱職造成的。」

巴達神情沉痛地點點頭。他的老友正想插話說「那麼……」，卻被下一句話堵住。

「只是，這麼想我就能釋懷。我是心不甘情不願地當起軍人，一點也無意當什麼英雄。不過──唯有父親，是我希望成為的。不是被別人強迫或依狀況隨波逐流，是我主動選擇扮演的角色。」

「……！……」

「因此──這一定是人類付出性命最好的理由。我想直到最後都是那兩個孩子的父親。你可能理解？索爾──」

「──你的父親，巴達·桑克雷最後並非為保衛國家而死。」

在追憶結束後緩緩睜開眼，索爾維納雷斯的視線重新投向青年告訴他。

「他試圖守護的事物就在這裡。全部畫在這幅畫裡。我的女兒也在其中。」

他無法直視地垂下眼眸。就像許多人面對過於寶貴的事物時的反應一樣。

「與愛妻和兩個孩子一起生活的未來。巴達投入最後一戰時僅僅抱著這個願望。他用盡全力打了勝仗──然後離世。和從一開始就失去資格的我不同，他直到最後都是你的父親。」

男子賭上朋友的名譽斷然說道。聽見這句話的瞬間，青年的肩膀劇烈一震。

「…………我、知道……」

隨著滑落臉頰的淚珠，他口中吐出相隔兩年未發的話語。

「……我知道父親愛我、守護著我。每次回顧童年時光，都能無庸置疑地實際感受到。如今我明白——那三個月，我的世界擁有一切。正因為如此，我想要守護。守護殘留的珍貴事物完整無缺地通往未來……我甚至連這件事都做不到。在無力時失去母親，又力有未逮地失去了她……」

連根否定自己的過剩無力感，強烈到令人連一根手指也動不了的喪失感。將侵蝕青年的感受與自己相重疊，炎髮將領靜靜發問。

「讓我問一個問題。我女兒——雅特麗最後對你有什麼期望？」

被問到的那一剎那，青年心中浮現太多話語——構成答案的只有一句。

「……不必保衛國家。無論如何都要保護好那個名叫夏米優的女孩子。」

「——那孩子留下了這樣的話嗎？」

索爾維納雷斯瞠目結舌。同為伊格塞姆，他理解這意義有多重大。

「……身為護國之劍伊格塞姆的後裔，臨死時說出了憂心國家未來以外的話嗎？那麼，這個事實正好證明——你的存在一直拯救了我女兒的人性。」

男子確信——這名青年沒有任何懊悔的必要。未能守護炎髮少女、害她年紀輕輕去世，全都是自己沒盡到父親責任的罪過。一切罪責都應該只算在索爾維納雷斯．伊格塞姆一人身上。

所以，青年只需要對他達成的偉業感到自豪。

「我是個窩囊無比的父親。除了血緣關係外沒做過任何可稱做血親的事情，事到如今也沒有資格說什麼……就算明知如此，就算對自己的厚顏無恥感到無比羞愧，此刻我也要由衷地向你道謝。謝謝你，伊庫塔．索羅克——多虧了你，雅特麗希諾的心沒有死去。」

炎髮少女的父親這麼告訴他後深深低下頭。伊庫塔沉默不語，讓向他而發的話語、話中的含意沁入胸口深處。

幾分鐘在寂靜中過去，隔了短暫的時間之後，索爾維納雷斯再度發問。

「──你有什麼期望？」

「…………」

「隨著現任政權成立，伊格塞姆被解除了作為家族宿業的護國重任。國家的前程掌握在新皇陛下與雷米翁派手上，我已經沒資格干涉這個選擇。這副身軀等同於殘骸。往後與雙刀一同腐朽，是我唯一的念頭。但是……」

男子踏出一步。殘留在他心中的最後意志，驅動整個瀕臨腐朽的身軀。

「但是──聽我說。如果我女兒直到最後都沒失去的意念至今依然存在於你心中──」

他屈膝跪在青年面前──一度想收養的對象。一度想奪他性命的對象。好友留下的獨子，已故女兒靈魂的半身。男子有無數為他的人生提供助力的理由。而且──無論什麼大義都再也無法阻擋。

「我願在成就那個願望之際，同時畫下生涯的休止符。」

明知無可救藥地耽誤了太久，索爾維納雷斯還是希望。從現在這個瞬間起一直到斷氣為止都不再動搖地當好雅特麗希諾．伊格塞姆的父親。成為她的另一半伊庫塔．索羅克助力。

作為父親，作為人類活完剩下的生涯後死去。像巴達．桑克雷曾做過的一樣。

「……沒有、失去……」

面對男子的決心，黑髮青年回想起在她臨終時最後交談過的每一句話。

「……雅特麗……」

炎髮少女表達了感謝。她告訴自己，謝謝你和我相遇。

那麼，自己為何不看向她一直活到最後一瞬間的身影？

——你可以抬頭挺胸，伊庫塔。

一起共度的所有時光。所有事情。共享的喜悅與悲傷，那無數的寶石。他沒有失去。明明連每一塊碎片都沒從自己心中消失。

——你實現了承諾。

她最後的遺言至今依然鮮明地殘留在耳中。青年知道，那句話裡沒有一絲虛假。

「——我……可以這麼想嗎？」

認定承諾實現了。牽起她的手，引導她走向幸福的方向——從前答應過母親的承諾，在那一瞬間實現了。認定與自己相遇、共度的日子，為雅特麗希諾·伊格塞姆的人生帶來了光明。

這事實無可懷疑。她在臨死前花時間告訴他，事情確是如此。然而——無法接受這個答案的不是別人，正是他本身。

……因為他想和她共度更多時光。

……想和她一起走在通往遙遠未來的道路上。

那是永無止境的後悔，他未能抵達的耀眼夢想形式。

不過，這裡有著並未喪失的東西。有她遺留下的心意。

他比什麼都更想守護的東西。雅特麗希諾的心，的確還活在這裡。

所以，他必須——停止假扮成已死的模樣，邁步向前。

「……參謀長。」

青年下定決心，同時開口。

「能不能拿拐杖過來？」

「……！當然可以！」

聽到呼喚的席巴上將臉上迸出光采衝了過來。伊庫塔從他手中接過拐杖抵在地上，搖搖晃晃地起身。他克服箭傷依然殘留的痛楚與雙腿的萎縮——站了起來。

「她——夏米優現在在哪裡？」

「女皇陛下在北方大山脈，多半正在打仗。」

參謀長高興地回答。雖然報告帶著不祥的意味，席巴上將還是忍不住興奮不已——沒有不會天亮的夜晚。他懷抱昔日黑髮青年告訴他的希望，一直堅持到今天。此刻，他即將目睹第三度到來的黎明。

「原來如此，我理解狀況了——能夠準備騎兵嗎？至少也要一個連，可以的話最好是一個營。得是以速度為優先的菁英部隊。」

「我馬上調兵。你的腳不方便上前線，現場指揮官怎麼安排？」

「眼前就有一位再適合也不過的人選。」

伊庫塔注視著炎髮將領毫不猶豫地斷言。斜眼看看即刻回應他的要求站起身的索爾維納雷斯，青年將手放在腰際的短劍上。

「抱歉，雅特麗，我終於清醒了……我還真是貪睡了好久。之後可得向騎士團的大家再三道歉。」

青年一邊自言自語，一邊打開腰包摸摸庫斯的頭。這兩年來依舊陪在他身旁的搭檔光精靈說了聲「歡迎回來，伊庫塔」，露出柔和的微笑。

搭著兩名將軍的肩膀，伊庫塔走出房間。他最後一度回頭望向巴達留下的家人肖像，將畫面烙印在眼中後再度前進。當他閉上眼睛——在父親試圖守護的景象前方，自然地浮現他如今應當守護的事物。

「夏米優，我這就過去接妳。妳一定要平安無事——！」

〈完〉

後記

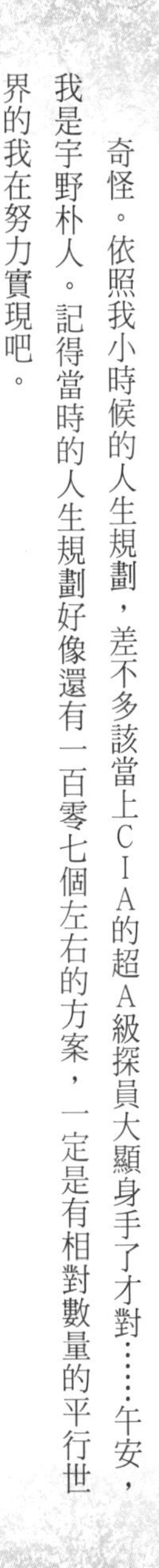

奇怪。依照我小時候的人生規劃，差不多該當上ＣＩＡ的超Ａ級探員大顯身手了才對……午安，我是宇野朴人。記得當時的人生規劃好像還有一百零七個左右的方案，一定是有相對數量的平行世界的我在努力實現吧。

不僅限於ＣＩＡ，間諜這種生活方式很特殊。身分和名字都是臨時的，連長相和性格都加以偽造潛入任務地點，有時候甚至為了偽裝建立家庭——姑且不論與真實情形的差異，這是間諜給人的印象。雖然是許多小孩嚮往過的職業，感覺想認真當成目標會很辛苦。要如何測試資質？薪資是以什麼形式支付？福利如何……令人充滿興趣。

先放下這個談得太過深入可能深夜有訪客上門的話題，將焦點不甘情願地轉回身為一介作家的自己身上吧……啊啊，搞不好在不同世界線活躍的間諜宇野也正說著「奇怪。依照我小時候的人生規劃……」，納悶地想像自己成為作家的樣子。所謂外國的月亮比較圓。

接下來，我要問候寫作第九集時曾給予關照的各方人士。

插畫家竜徹老師，這一次也很感謝您畫出全心投入的插畫！您工作的速度之快之準確，總令我想好好效法！

漫畫版作者川上老師，從開始連載至今天，每次閱讀《電擊魔王》都讓我從中補充了活力！

責任編輯黑崎編輯先生，對不起，今年又從新年起就給你添了許多麻煩……希望有一天我能在後記寫出「這次我沒給編輯造成困擾」……！

在動畫化消息公布時為我慶賀的諸位，託你們的福，我的喜悅增加了數千倍之多！

最重要的是，作家宇野&間諜宇野要對拿起這本書的你獻上超越次元的最大謝意！

漫畫版《天鏡的極北之星》作者 川上泰樹 特別贈稿
TAIKI KAWAKAMI PRESENTS

《發條精靈戰記　天鏡的極北之星》好評熱賣中!

國家圖書館出版品預行編目資料

發條精靈戰記 : 天鏡的極北之星 / 宇野朴人作 ;
K.K.譯. -- 初版. -- 臺北市 : 臺灣角川, 2016.03-
冊 ; 公分
譯自 : ねじ巻き精霊戦記 天鏡のアルデラミン
ISBN 978-986-366-978-4(第6冊 : 平裝). --
ISBN 978-986-473-189-3(第7冊 : 平裝). --
ISBN 978-986-473-292-0(第8冊 : 平裝). --
ISBN 978-986-473-498-6(第9冊 : 平裝)

861.57 105001232

Kadokawa
Fantastic
Novels

發條精靈戰記

天鏡的極北之星 9

（原著名：ねじ巻き精霊戦記 天鏡のアルデラミン Ⅸ）

2017年1月23日　初版第1刷發行

作　　者：宇野朴人
插　　畫：竜徹
角色原案：さんば挿
日版設計：AFTERGLOW
譯　　者：K.K.

發 行 人：成田聖
總 編 輯：蔡佩芬
主　　編：吳欣怡
文字編輯：黎夢萍
資深設計指導：黃珮君
美術設計：胡芳銘
印　　務：李明修（主任）、張加恩、黎宇凡、潘尚琪

發 行 所：台灣角川股份有限公司
地　　址：105台北市光復北路11巷44號5樓
電　　話：（02）2747-2433
傳　　真：（02）2747-2558
網　　址：http://www.kadokawa.com.tw
劃撥帳戶：台灣角川股份有限公司
劃撥帳號：19487412
法律顧問：寰瀛法律事務所
製　　版：巨茂科技印刷有限公司
ＩＳＢＮ：978-986-473-498-6
香港代理：香港角川有限公司
地　　址：香港新界葵涌興芳路223號
　　　　　新都會廣場第2座17樓 1701-02A室
電　　話：（852）3653-2888

※本書如有破損、裝訂錯誤，請寄回當地出版社或代理商更換。

Alderamin on the Sky 9